反腐·法治系列丛书

清廉·贪腐全解码

中国古代清官贪官故事镜鉴

杨同柱 ◎ 主编

清华大学出版社
北京

本书封面贴有清华大学出版社防伪标签，无标签者不得销售。

版权所有，侵权必究。举报：010-62782989，beiqinquan@tup.tsinghua.edu.cn。

图书在版编目（CIP）数据

清廉·贪腐全解码：中国古代清官贪官故事镜鉴 / 杨同柱主编. — 北京：清华大学出版社，2018（2025.1重印）

（反腐·法治系列丛书）

ISBN 978-7-302-49475-1

Ⅰ. ①清… Ⅱ. ①杨… Ⅲ. ①历史故事—作品集—中国 Ⅳ. ①I247.8

中国版本图书馆 CIP 数据核字（2018）第 020908 号

责任编辑：刘　晶
封面设计：汉风唐韵
版式设计：方加青
责任校对：王荣静
责任印制：丛怀宇

出版发行：清华大学出版社
　　　　　网　　址：https://www.tup.com.cn, https://www.wqxuetang.com
　　　　　地　　址：北京清华大学学研大厦A座　　邮　编：100084
　　　　　社 总 机：010-83470000　　　　　　　　邮　购：010-62786544
　　　　　投稿与读者服务：010-62776969, c-service@tup.tsinghua.edu.cn
　　　　　质 量 反 馈：010-62772015, zhiliang@tup.tsinghua.edu.cn
印 装 者：天津鑫丰华印务有限公司
经　　销：全国新华书店
开　　本：170mm×240mm　　印　张：12.75　　字　数：160千字
版　　次：2018年4月第1版　　印　次：2025年1月第8次印刷
定　　价：49.80元

产品编号：065754-01

编辑委员会名单

主　　编：杨同柱

副主编：蒋　丹　陈庆尧　李晓芬　田秀娟

策　　划：杨同柱

编　　辑：刘　畅　高　媛　王华英　王文文　程　颖
　　　　　张　芳　吕宏伟　向琳玉　王佳佳　李　佳

统　　筹：吕宏伟　田秀娟

前　言

一

翻看中国的古代历史，可以说腐败与反腐败的博弈绵延不绝。在整个历史发展脉络中，腐败与反腐败的脉络非常清晰，清廉文化、贪腐文化两条线并行不悖：一方面官场贪腐盛行、屡禁不止；另一方面清官辈出、垂范后世。为什么两条线"传承"得这么富有生命力？这其中到底有没有一种我们无法抗拒或是更改的规律？翻开中国历史，无论官场显要，还是市井布衣，都讲究君子修为，为官更是条规禁律约法等身，为什么贪官如此猖狂？是什么原因使他们走上贪腐之路？是否有人性恶之说？一种说不出的"痛"导致腐败动力十足。历史传承至今，明暗两条线，黑白两人生，我们想通过深入挖掘历史上的贪官与清官的故事，试图找出一些规律，分析一下原因，从中汲取历史经验、历史教训和历史警示，以期对今天的反腐倡廉工作有所启发。这是我们组织编写这本书的初衷。

二

党的十九大进一步明确了依法治国方略，对反腐倡廉工作提出了更加具体的要求。如何准确理解和把握党的方针政策，清醒认识反腐败这一错综复杂的形势，厘清思想认识误区，需要找一个切入点，从一个全新视角，客观全面反映现象，透视本质。在实际工作中，我们看到的要么是纯理论分析，要么是历史故事，结构单一，没有借古喻今，与现实结合得不够紧密。很难找到一本书，既读着有趣，又反映深刻道理；既有清官拒腐防变的典故，又有贪官贪婪成性的故事；既有历史性、原因性分析，又有借古喻今对当今反腐倡廉工作有所启发。所以，我们就想组织编写一本这样的图书，从全新视角，运用讲故事形式，深入浅出地满足读者需求，以适应当下依法治国的全面深化、反腐倡廉的客观需求。

三

意大利历史学家克罗齐在他的专著《历史学的理论与实际》中指出：一切历史都是当代史。在编辑过程中，我们有意识地站在历史的高度进行思考，注重学以致用。力争把故事讲明白，把贪腐与清廉的传承缕析清楚。不纠结于争论与分歧，站在受众角度，用通俗、活泼的文风尽量还原历史真相，避免胡乱演绎，力争让这些故事内容引人深思，甚至映射读者的生活，对其产生借鉴意义。提出的对策也坚持切实可行，评论到位，让一些反腐部门和单位可以直接使用本书的故事和观点。总之，编写一本这样的书，就是有这样一种愿望，无论是对专家学者、反腐倡廉的建设者与实践者，还是对为官当权者或是关注反腐倡廉的普通民众，既能让大家在品读古代故事的同时从中受到启发，对当下反腐倡廉形势有个清醒认识，进而让自己加强个人修为，远离贪腐，平安履职；又能对自己所从事的反腐倡廉工作起到促进和推动作用，为反腐倡廉制度化、法治化建设提供决策参考。

四

"官"依附于不同政治体系，与政治、法制联系紧密。古代一朝一天子，执政风格迥异，按政治不好划分。各时期价值观、民风也不尽相同。但是法制规律则较为稳定，一般是开国皇帝制定后，后代加以完善，有较强的稳定性。因此，借鉴法制史的划分法，分为七个时期，即先秦、秦汉、三国两晋南北朝、隋唐、宋辽金元、明、清。每个时期精挑细选一廉一贪两个故事，两个故事之前，对所处时期贪腐与清廉特点进行提炼和总结，故事之后，再分别链接本时期清廉与贪腐几则小故事。一为增强可读性，二为进一步强化此时期史治特点。前后七个时期相互对应、遥相呼应，整体读下来，让读者能够对中国历史上贪腐和清廉文化传承有个脉络上的认知。为写好故事，作者事先对"影响贪官清官因素"进行提炼，包括皇帝执政风格、官场习气、社会风气、吏治制度建设、家风及个人修为等。为使分析更加贴近读者，加入了"古今镜鉴"和"后世评价"等内容。在每部分评论时，也加入了与前一时期对比，贪腐清廉传承、制度影响以及对策建议等方面内容，以切实增强借古喻今作用。

　　古人云：以铜为镜，可以正衣冠；以史为镜，可以知兴替；以人为镜，可以明得失。希望本书的出版能够对读者起到借鉴和警示作用。

目 录

先秦 ……………………………………………………………… 1

先秦时期吏治特点 ……………………………………………… 2
儒家元圣之楷模　内圣外王之先河——周朝清官周公旦 …… 5
鱼儿因墨落法网　史书记载第一贪——春秋贪官羊舌鲋 …… 12
先秦时期贪廉小故事链接 ……………………………………… 21

秦汉 ……………………………………………………………… 25

秦汉时期吏治特点 ……………………………………………… 26
"四知先生"亮剑腐败　清白传家　四世为相——东汉清官杨震 … 30
肆无忌惮弄权威　飞扬跋扈肆意为——东汉贪官梁冀 ……… 42
秦汉时期贪廉小故事链接 ……………………………………… 49

三国两晋南北朝 ………………………………………………… 53

三国两晋南北朝时期吏治特点 ………………………………… 54
吴隐酬水以励精　晋代良能此为最——东晋清官吴隐之 …… 58
纸醉金迷浮华堕落　为财而亡咎由自取——西晋贪官石崇 … 65
三国两晋南北朝时期贪廉小故事链接 ………………………… 73

隋唐 ... 77

隋唐时期吏治特点 ... 78

坚守正道刚正不阿　秉公执法勤政廉明——唐朝清官宋璟 ... 83

十六载宰相贪婪留恶名　六十吨胡椒被抄惊世人
——唐朝贪官元载 ... 91

隋唐时期贪廉小故事链接 ... 101

宋辽金元 ... 105

宋辽金元时期吏治特点 ... 106

铁面冰心孝肃包公　青天威名千年传颂——北宋清官包拯 ... 110

四度为相竟为六贼之首　贪财弄权终被后世唾弃
——北宋贪官蔡京 ... 119

宋辽金元时期贪廉小故事链接 ... 128

明 ... 131

明朝时期吏治特点 ... 132

兵临城下救国危　一生清白胜石灰——明朝清官于谦 ... 135

贿,权倾朝野谁奈何　悔,宦海浮沉天自收
——明朝贪官刘瑾 ... 143

明朝时期贪廉小故事链接 ... 151

清 ... 155

清朝时期吏治特点 ... 156

为官清正造福四方百姓　性甘淡泊堪称廉吏第一
——清朝清官于成龙 ... 159

贪婪成性终不改　死到临头后悔迟——清朝贪官和珅 ... 166

清朝时期贪廉小故事链接 ………………………………… 173

附录 177

中国历朝历代清官代表名录 ……………………………… 178
中国历朝历代贪官代表名录 ……………………………… 183

后记 187

先秦

先秦时期吏治特点

先秦时期是指传说中的三皇五帝到秦朝以前,经历了夏、商、西周、春秋、战国历史阶段。先秦时期以禹禅位于启为标志,开启了氏族公社制向奴隶制的转变,也掀开了中华历史文明新的一页。这一时期经历了神权、礼治到法治的变革。在战乱纷飞的岁月也涌现了一批典型性人物,成为先秦时期卑鄙与贤德、贪与廉践行的代表。

先秦时期,受礼教道德的约束,有大批廉德之士为后人所敬仰。但由于先秦时期国家更替频繁,社会制度迥异,西周时期的清官多出身贵族,如周公。周公摄政七年,辅佐了周武王、周成王,是儒学先驱。汉初贾谊曾评价周公:"周公集大德大功大治于一身。孔子之前、黄帝之后,于中国有大关系者,周公一人而已。"而春秋战国时期则出现一些出身平民的清官,如西门豹、孙叔敖等。这一时期的清官近乎"神",几乎无所不能,绝大多数励精图治,勤政爱民,能够超越个人利害得失,心怀百姓。他们备受百姓爱戴,其存在成为一种希望的象征、民间的信仰。这一时期主要清官代表有孙叔敖、子产、公仪休、石奢、李离、周公姬旦、西门豹、羊舌肸、子罕、晏婴、鲁仲连、李冰等。先秦时期是廉政文化启蒙时期,贪腐的概念、入刑、惩罚都处于萌芽期。加之当时国家众多,实行贵族政治,即使官员有贪腐行为,被记载和惩治的也不多,所以该时期贪官故事数量相对较少,且大多为掌握国家命运的大官、贵族的"顶层腐败"。经梳理,这一时期的主要贪官代表有羊舌鲋、季斯、伯嚭、华督、智伯、郭开、后胜等。

上述先秦时期贪廉特点的形成，主要有以下几点原因：

从统治者执政风格讲，在战火纷争、政权交替背景下，诸国求贤若渴，用人方面多用"能"，而较少考虑是否"贤"。但是，各国也强调"克己复礼"，推行德治，希望在人人道德自觉的基础上建立一个礼乐文明、上下尊卑名分井然的理想社会。如西周时期，周公辅佐的周武王和周成王。周武王有着卓越的军事、政治才能，个人魅力极强。他打出为民请命、替天行道的旗号获得人民的拥护，亲自带领兵马直捣朝歌，是中国历史上的一代明君。周成王由周公旦辅佐，对内推行"明德慎罚"的主张，务从节俭，与其子周康王统治期间，社会安定、百姓和睦，"刑错四十余年不用"，被誉为成康之治。春秋战国时期，魏文侯在战国七雄中首推变法，改革政治，礼贤下士。楚庄王在位初期"昏聩闭塞，贪图酒色"，国政皆赖于成、斗二氏。后励精图治，任用孙叔敖大胆革新，楚国大治。齐景公深知用人之道，身边有两批不同的大臣，一批是治国之臣，另一批是乐身之臣，相互制衡，因此国内政治相对稳定。

从廉政和腐败惩罚制度建设讲，先秦时期尚处各方启蒙、探索期。廉洁思想在西周时才开始发展，而腐败惩罚制度在夏朝法官皋陶制定的法典中就已经出现。战国法家的鼻祖李悝首先提出连坐制度以惩罚腐败，李悝所著《法经·杂律》有"丞相收受贿赂，其左右（助手、副职）处死刑"的规定。将军以下收受贿赂者，一律处死刑。贿赂的金额不足黄铜24两者，免予科刑。这称作"禁受贿"，孔子对其中几位贪官和清官都进行过评价。但由于各国纷争不断，对于腐败惩罚制度执行不严。

从统治社会的主导思想讲，先秦各种思想相继出现、相互碰撞，呈"百家争鸣、百花齐放"之势。儒、墨、道、法等思想都在发展时期，但还未出现儒家"压倒性"情况。这一时期，对于"贪墨"制定了法律，也首次以此罪名处死贪官。

从社会风气讲，由于还没有"大一统"概念，各方官员游走于各国，易主或者叛国行为常有发生。从贪官故事来看，"忠"的概念较轻，贪官在各国中间充当"墙头草"。当然，各国也倡导贤能，随着儒家思想的发展，贤能的人社会地位较高。

从官场习气讲，先秦时期贵族政治浓厚，较为重视才能和家族势力，人治思想严重。因此，该时期贪官最大的特点是"能人"腐败、高官腐败。由于当时实行的贵族政策，家族腐败、"官二代"腐败突出。清官辅佐的君王绝大多数励精图治，勤政爱民。一些清官虽身居高位但为官清廉。清官的人格特点可以归纳为：廉洁自律，道德高尚；一心为民，呕心沥血；追求正义，不畏强权；恪尽职守，尽忠尽责。而贪官对后世影响较大，往往造成本人、家族甚至国家的覆灭。此时期贪官多强悍霸道，目无尊上，十分猖獗。

（蒋　丹）

儒家元圣之楷模　内圣外王之先河[①]
——周朝清官周公旦

清官是中国话语中一个特有的概念,史书中通常称为"循吏""良吏""廉吏",按照《现代汉语词典》的解释,是指"廉洁公正的官吏"。老百姓心目中的清官,总的来说是个模糊的概念,往往是与"贪官"相对。评价清官的标准更是不胜枚举:品质高洁、为人正直、处事公正、不贪不虐,等等。清官之间也是有很大区别的:有的清廉自守、明哲保身,有的乐善好施、为民请命;有的严以律己、宽以待人,有的稍显心胸狭隘。因此,所谓的清官,因人而异、因时代而异。

自孔子创立儒家学派以来,儒家思想逐渐成为中国古代的主流意识。中国古代的许多清官不仅是儒家思想的传承者,更是儒家思想的忠实践行者,将修身齐家治国平天下的理想作为自己终身奉行的目标,如东晋名臣卞壶、唐朝清官陆贽、宋朝名相范仲淹、清代知县李㸅。而说到儒家思想就不得不说周公。

北京大学哲学系教授陈来在《古代宗教与伦理》中写道:"历史赋予古代某些人物以巨大的文化选择权能,他们的思想方向决定或在相当程度上决定了后来文化与价值的方向,从而对后来文化的发展产生了决定性的作用。在中国历史上,这个人是周公,后是孔子。没有周公和西周文化养育的文化气质,孔子的出现是不可想象的。"孔子对周公非常崇拜,年轻时就十分赞美"周公之才之美",晚年后更是以"吾不复梦

---

① 李丹婷:《儒家元圣周公德治管理思想探析》,第23页,沈阳师范大学2011年硕士学位论文。

见周公"形容自己的年老德衰。不可否认,孔子是儒家思想的集大成者,而周公则是儒学先驱。

汉初大思想家贾谊评价周公曰:"文王有大德而功未就,武王有大功而治未成,周公集大德大功大治于一身。孔子之前、黄帝之后,于中国有大关系者,周公一人而已。"对于周公这样一位集大德大功大治于一身的元圣,显然不能仅仅以"清官"进行评价,但因为周公之德、之才、之美对儒家思想乃至廉政思想影响深远,具有十分宝贵的现实意义,所以本书将周公作为清官的开篇。

周公即姬旦(前1119—前1032),姓姬,名旦,字朝明,是周文王第四子,周武王的弟弟,因其采邑在周太王所居之周地(今陕西岐山县东北部),故称周公。[①] 他是我国商末周初一位伟大的思想家、政治家和军事家,被后世尊为"元圣"。孔子曾评价周公"善继人之志",周文王、周武王同样是贤圣之人。周文王治理西周时,仁慈爱民,积善修德,制定了很多惠民措施;周武王秉承父志,讨伐商纣,一统天下,实行仁政德治。

周公的政绩被《尚书大传》概括为:"一年救乱,二年克殷,三年践奄,四年建侯卫,五年营成周,六年制礼乐,七年致政成王。"周公先后辅助周武王灭商、周成王治国,后"制礼作乐",制定和完善宗法、分封等各种制度,使西周奴隶制获得进一步的巩固。因为篇幅限制,用一篇文章不可能将周公一生的丰功伟绩予以概括,故本文以"清廉"为中心,望起到见微知著的作用。

以公树廉 以廉生威

周人是一个后起的姬姓部族,殷纣王没有认识到西方姬姓势力发展

---

① 崔瑛:《清官鉴》,12页,北京,中国方正出版社,2008。

的严重性，依然拒谏饰非、酒池肉林。周公旦作为西周王室的重要成员，全程参与了周文王、周武王灭商的活动，并在其中发挥重要的作用。周武王病逝后，周公旦摄政当国，尽职尽责地辅佐年幼的周成王，打击叛乱势力。周公旦不贪恋权势，谨言慎行、礼贤下士、忠心为周，是"只为苍生不为身"的典范。

武王战胜殷纣的次年，天下统一之业尚未成功，武王患病，身体不安，群臣恐惧，太公和召公就想虔敬地占卜以明吉凶。周公说："不可以令我们先王忧虑悲伤。"周公于是以自身为质，设立三个祭坛，周公向北站立，捧璧持圭，向太王、王季、文王之灵祈祷。命史官作册文祝告说："你们的长孙周王发辛劳成疾。如果三位先王欠上天一个儿子，请以旦代替周王发……周王发受命于天庭，要普济天下，而且能使你们的子孙在人世安定地生活……现在我通过占卜的大龟听命于先王，你们若能答应我的要求，我将圭璧献上，听从你们的吩咐。你们若不答应，我就把圭璧收藏起来。"之后，周公就到三王祭坛前占卜。卜人都说吉利，翻开兆书一看，果然是吉。周公把册文收进金丝缠束的柜中密封，告诫守柜者不许泄露。第二天，武王果然痊愈。

武王去世后，成王即位时年幼，难理朝政。周公思之再三，毅然决定挺身而出摄行朝政大事。年幼的成王有一次生病时，周公就剪下自己的指甲沉入河中，向神祝告说："王年幼没有主张，冒犯神命的是旦。"周公也把祝告册文藏于秘府，成王果然痊愈。

周公摄行朝政之后，引起了一些人的误解和不满，尤其是三哥管叔见其弟越过自己而摄行朝政，就散布流言，造谣惑众，并暗中发动战乱，王室处于内外交困的危险阶段。周公以政治家的雄才大略，临危不惧、临难不乱。他诚恳地向太公、召公说明摄政的原因："我之所以不避嫌代理国政，是怕天下人背叛周室，没法向我们的先王太王、王季、文王交代。三位先王为天下之业忧劳甚久，现在才刚成功。武王早逝，成王年幼，只是为了完成稳定周朝之大业，我才这样做。"周公以自己的赤胆忠心得到开国元老的理解和支持,保持了周王朝内部团结。

以谏劝廉　以廉为本

对于周公来说,明哲保身显然不是自身的追求与理想。他深知商王朝灭亡的教训,经常劝诫成王,要廉洁从政、礼贤下士。

周公归国后,怕成王年轻,为政荒淫放荡,为劝谏成王勤政廉政、爱民为民,写了《毋逸》《多士》。《毋逸》说:"做父母者,经历长久时期创业成功,其子孙骄奢淫逸忘记了祖先的困苦,毁败了家业,做儿子的能不谨慎吗?因此过去殷王中宗,庄重恭敬地畏惧天命,治民时严于律己,兢兢业业不敢荒废事业,所以中宗拥有国家七十五年之久。殷之高宗,久在民间劳碌,与小民共同生活,他即位后居丧,三年不言语,一旦说话就得到臣民拥戴,不敢荒淫逸乐,使殷国家安定,小民大臣均无怨言,所以高宗拥有国家五十五年。殷王祖甲,觉得自己并非长子,为王不宜,因此长时间逃避于民间,深知人民需要,他安定国家、施惠于民,不侮慢鳏寡孤独之人,所以祖甲拥有国家三十三年。"《多士》说:"自汤至帝乙,殷代诸王无不遵循礼制去祭祀,勉力向德,都能上配天命。后来到殷纣时,大为荒淫逸乐,不顾天意民心,万民都认为他该杀。""周文王每天日头偏西还顾不上吃饭,拥有国家五十年。"

当周公的儿子伯禽代周公去鲁国受封时,周公告诫伯禽说:"我是文王之子、武王之弟、成王之叔父,在全天下人中我的地位不算低了。但我却为接待贤士,洗一次头要三次握起头发,吃一顿饭三次吐出正在咀嚼的食物,就是这样还怕失掉天下贤人。你到鲁国之后,千万不要因有国土而骄慢于人。"曹操在《短歌行》中也用"周公吐哺,天下归心"的诗句抒发自己要像周公那样招揽天下贤能之士。

以制助廉　以廉养德

周公制礼，是周公一生最主要的功绩之一。周礼是儒家经典，为三礼之首。周礼目的是以周人的标准来规范各族和各代礼乐内容，涉及意识形态和社会制度的各个方面。其着眼点不限于诸侯，而是更多地关注下层庶民，本质是"经国家，定社稷，序民人，利后嗣"。周礼中对后世影响最深的是"敬德保民，明德慎罚"。

"敬德保民，明德慎罚"的思想最先由周文王提出，周公是该思想的集大成者。"明德"是道德教化，是正面引导。"慎罚"即是认真地对待刑罚，在合理的限度内使用刑罚，使刑罚达到预期目的。周公认为，教化与刑罚的目的都是勉励人民立德；并且"敬德"的目的在于"保民"，"民惟邦本，本固邦宁"，统治者要想达到"祈天永命"的目的，就必须顾及民众的一般要求。民众是国家赖以存在的根基，只有稳定安顿好人民的日常生产生活，使之安土重迁，国家才能长治久安、永享国祚。

先秦

在周公看来，"敬德""保民""慎罚"是一个国家政权系统得以稳定的三个要素。这种朴素的思想，不仅是孔子德治思想、德主刑辅思想的直接来源，也标志着中国政治思想开始由重神权、重神事向重人事、重民事转变。

西周以后的春秋战国时期，抑或是后世两千多年的封建社会中，许多著名的思想家、政治家都从周公的管理思想中吸取了珍贵经验。其中，最为著名的就是春秋时期孔子和战国时期孟子的"仁政"思想。另外，在各诸侯国之间，周公的德治管理思想也得到了继承和发展。齐太公所推行的尊重地方特点的治国方略就是受周公的简政放权、因地制宜的影响。在周公的儿子伯禽受封鲁国国君后，将其父的管理思想和制定的各项典章制度等管理措施广泛运用和传播，继而奠定鲁文化的思想基础。

自从清官产生之后，就有了对清官的各种评价。在清官的问题上，主要存在两种不同的看法，即肯定的和否定的，对待周公同样如此。有的学者认为周公德治管理思想过于保守、泯灭个性；忠君思想也导致后世民众过分盲目崇拜封建帝王；还有过于迷信、事事占卜等特点。笔者认为，判断一个人或一类人的进步与否，应该看其所作所为是否与其所生活的社会、时代相适应，与当时人民群众的愿望相适应。与殷朝的天命观相比，周礼提出了德、民、礼三个概念，并且将天命建构在"德"的基础上，在天命之外发现了人的价值，具有恒久的思想价值和意义。此外，周公过于迷信、事事占卜是囿于客观历史条件所致，不应被后世所诟病。

  研究周公，无疑是以史为鉴、古为今用。周公身上的人格魅力及优秀品质值得后人学习。其一要学习周公无私无畏的精神。周公在国家危难的时候，不畏艰辛，挺身而出，担当起王的重任；当国家转危为安、顺利发展的时候，毅然让出王位。但是，周公并没有因退位而放手不管，而是写了许多劝诫成王的文章，为国为民、鞠躬尽瘁。自古以来，中华民族一直有像周公这样敢于担当的人。在全面建成小康社会和全面建设社会主义现代化国家的新征程中，每个领导干部同样需要担当意识和责任精神，事不避难、忠诚履职、尽心尽力、敢于担当，[①]这不仅是职责所在，更是立身之本。其二要学习周公自省修身的精神。周公在写给成王的《康诰》中，通过殷代明君中宗太戊、高宗武丁、商汤之孙祖甲与昏君商纣王的对比，教育成王要庄严威惧、保惠小民，忌生来安逸、贪图享乐，如此才能享国长久。作为领导干部，位子坐得久了，总会出现麻痹之意；工作干得累了，总会出现疲惫之态；时间过得长了，总会出现麻痹之心。为官当自省，领导干部只有自省自律才能拒腐防变。筑牢思想道德的"堤防"，加固理想信念的"长堤"，强化党纪国法的"敬畏"，[②]不安于现状、贪图享受，要居安思危、奋发有为，不忘初心，永葆赤子之心，对得起

---

① 转引自 http://ishare.iask.sina.com.cn/f/33787736.html，最后访问时间：2017 年 10 月 22 日。
② 转引自 http://www.sohu.com/a/165321339_181108，最后访问时间：2017 年 10 月 22 日。

自己的良心，对得起自己的位子，对得起人民的嘱托。其三要学习周公处世做人的态度。周公在面对误解和非议时，没有耍态度、发脾气，更没有畏难、逃避，而是冷静下来找出问题症结，对事不对人，主动讲清楚、说明白，及时消除误会。有非议的领导干部未必不是好干部，有非议的行为未必不是正确的。① 作为领导干部，一方面要沉得住气，增强自身心理承受能力，不要妄自揣测、疑神疑鬼，属于自己失误的，承认错误、及时整改；属于误解的，及时表态、消除误会。另一方面要当好忠诚老实、光明磊落的表率，在组织面前保持绝对的"透明"，表里如一，说老实话，干老实事，做党和人民绝对信得过、靠得住的"老实人"②。其四是要学习周公吸贤纳士的精神。在不正之风的影响下，一些人以亲疏为界举才，举荐"圈内人"；一些人模糊"德才标准"，依据个人意愿选才；一些人用才论资排辈，大搞平衡照顾；更有一些人打招呼、递条子。对待人才就要有灵活开放的态度，有"周公吐哺"的精神，敢于不拘一格用好人才，用好"五湖四海"之人，让真正有德有才的人有为有位。

新型官德是在中国的文化土壤中长成，传统官德与新型官德具有内在的关联与历史的关联。"以史为鉴，可以知兴替；以人为鉴，可以明得失"，以周公的标准要求每一个官显然勉为其难，但是想做好官，首先得知道何为好官。谨以周公精神共勉！

（高　媛）

---

① 转引自http://mall.cnki.net/magazine/Article/LDKI200121012.htm，最后访问时间：2017年10月22日。
② 转引自http://theory.people.com.cn/n1/2017/0316/c409497-29150011.html，最后访问时间：2017年10月22日。

鱼儿因墨落法网　史书记载第一贪
——春秋贪官羊舌鲋

鲋，鲫鱼也。罪，捕鱼之网也。《说文解字》说"罪"乃"捕鱼竹网"，设网目的在于防止漏鱼。两千五百多年前的晋国，一条鱼儿因"墨"（贪污）被网捞住，暴尸于市，也由此被钉在了历史的耻辱柱上。这条鱼儿是史书记载的第一条"贪鱼"，是学界公认第一个以"墨"治罪的贪官，甚至"贪墨"一词也由他而来。他就是春秋时期晋国大夫、代理司寇羊舌鲋。

出身显贵系名门　家中父兄多贤德

羊舌鲋，字叔鱼，生卒年月不详，春秋时期晋国贵族，官至晋国大夫、代理司马、代理司寇，主要生活在晋厉公至晋平公时期（前580—前532年）。

羊舌鲋出身十分显贵，是晋文公时期驰骋沙场的一代名将羊舌斗克的后代，羊舌家族又是晋国公族，属于与晋公室同姓异氏的宗族，可以说是贵族中的贵族。到了羊舌鲋这一代，羊舌家族的权势达到了巅峰，父亲羊舌职是闻名遐迩的贤能之辈，又屡立功绩，官拜晋国太傅、中军尉，五个儿子中四个都成为大官，嫡子羊舌赤、羊舌肸（音西，字叔向），庶子羊舌虎、羊舌鲋被称为"羊舌四族"。根据《世本》"羊舌氏"条记载，"羊舌氏，晋之公族，羊舌其所食邑也。晋武公子伯侨生文，文生突，羊舌大夫也，突生职，五子赤、肸、鲋、虎、季夙。赤字伯华，为铜鞮大夫，生子容，肸字叔向，亦曰叔誉，鲋字叔鱼，虎字叔罴，号羊舌四族。"①羊舌鲋虽是庶出公子，家中地位不高，但自幼生活在优越的家庭环境中，加之他为幼子，父亲极为宠爱，养成了他灵活、机敏的个性，又沾染了当时贵族公子骄横霸道、贪婪妄为的习气。

抓住机遇握兵权　大肆搜刮发横财

天下诸侯争霸，战火纷争，晋国十分重视军事人才的选拔。羊舌鲋看到了这一点，便习武从军，依附掌握军政大权的范宣子，成为范宣子在军中的亲信，一步步得到提拔重用。

当时的晋国，早已不复百年前晋文公雄踞春秋五霸之一的辉煌。晋平公六年，晋国为了壮一壮声势，决定在濮阳举行大型会盟，向诸侯小国展示一下军事实力，巩固自己在诸侯国中霸主的位子。惧于晋国声威，齐国、鲁国等十三个大小诸侯国都派兵参加了会盟。然而，界于齐鲁两国之间一个很小的国家邾子国偏偏觉得会盟期间各国要员聚集晋国，是个"大好机会"，趁机突袭鲁国。这大大驳了盟主晋国的面子，晋平公震怒，决定出兵援鲁，进攻邾子国。

援鲁伐邾的消息一传出，羊舌鲋就积极活动，请求范宣子让他率军出兵。羊舌鲋心里的小算盘打得很清楚：邾子国小国寡民、兵力单薄，此次晋鲁两国联军，邾子国以卵击石，必败无疑，这绝对是一个千载难逢、建功立业的好机会。范宣子看羊舌鲋如此积极，便送一个人情给羊舌家族，派年轻的羊舌鲋带兵援鲁。

羊舌鲋很有军事才能，但凶狠残暴，征战之地皆血流成河，邾子国很快就被打败了。此时，羊舌鲋贪婪的个性显现无遗，在战争中四处烧杀抢掠，大肆搜刮邾子国的金银财宝，偷偷运回晋国，大发横财。战争

---

① 阴亚南：《羊舌氏兴衰原因探析》，载《学理论》，2013（3），第92页。

结束后，鲁国非常高兴，鲁国大夫季武子邀请羊舌鲋在鲁国游玩几天。就在此时，羊舌鲋家中突遇变故。晋国贵族内部斗争，手握晋国军政大权的范宣子认定外孙栾盈叛国，大举清洗栾盈一党的人，捕杀了作为栾盈亲信的羊舌虎，其他羊舌氏族人受到牵连均被囚禁。季武子便将羊舌鲋藏起来，使其幸免于难。尽管后来范宣子查明羊舌家族的其他人确实与栾盈没有关系，释放了羊舌家族的族人，然而对羊舌几兄弟不再予以重用。

沉寂多年再掌权　索贿卫国满载归

羊舌家族经此一变，整整沉寂了二十年，直到晋昭公即位后，韩宣子接替范宣子执政，又重新重用了羊舌肸和羊舌鲋。虽是兄弟，两人的个性和品格却大相径庭，走上了不同的道路。羊舌肸为官清正，为晋国"复霸"竭尽全力，而再次掌权的羊舌鲋却更看重自己的荣华富贵，变得更加贪婪和妄为。

晋昭公三年（前529年），晋国决定在平丘再次召开诸侯会盟，巩固晋国的霸主地位。韩宣子全权主持会盟活动，任命羊舌鲋为代理司马。为显示晋国军威，羊舌鲋奉命率晋军三十万人、战车一千辆向东开拔，到邾子国南边训练，搞搞"军事演习"，为晋国再造声势。羊舌鲋久困复出，一路上十分张扬，贪婪的本性又暴露无遗。《左传》"昭公十三年"中记载，途经卫国时，羊舌鲋命令军队驻扎下来，"求货于卫"。卫国没有理会他，羊舌鲋就以厉兵秣马为名随地乱砍柴草，弄得处处狼烟，并放纵士兵骚扰百姓，有的村庄被洗劫一空。卫国只好派大夫屠伯，找羊舌肸帮忙。羊舌肸实在没有办法，他深知自己的弟弟十分贪婪，又骄横不听劝告，再这样下去非把卫国弄乱不可。羊舌肸便把屠伯带来的绸缎退还，抱歉地说："羊舌鲋贪求财货在晋国是出了名的，他如此贪婪会大祸临头的。今天这件事，我想最好的办法就是您以贵国君主的名义，把这些绸缎赐给他，这样就会没事了。"屠伯回去后马上照办，果然不出所料，羊舌鲋见财眼开，看着精美的鲁国绸缎非常高兴，当着屠伯的面就向部属下达命令，停止骚扰百姓。羊舌鲋贪婪的嘴脸暴露无遗。

不几日，羊舌鲋带军离开卫国，继续东进，沿途示威，继续骚扰索贿于各诸侯国。晋军先后压服了郑国、卫国、齐国、邾国、莒国等十几个国家，搜刮无数，满载而归。

假公济私捅娄子　鳄鱼眼泪哄人质

平丘会盟后，晋昭公对于鲁国国君没有参加会盟非常生气，认为其不给晋国面子，有不服晋国"霸主"地位之意。精于算计的羊舌鲋看出了晋侯的怒意，前去鲁国国土上寻衅闹事，还擅自逮捕了鲁国上卿季平子，想既替晋侯泄愤，又可从中捞钱，一箭双雕。果然，鲁国一看季平子被捕，马上害怕了，鲁国国君素闻羊舌鲋贪婪，便带着绸缎和食物前来拜见。羊舌鲋让手下人收下礼物，允许鲁国人给季平子送饭，但怎么都不肯放人。要说羊舌鲋确是个忘恩负义之辈，因为他逮捕之人正是当年曾保护他躲过杀身之祸的季武子的孙子。羊舌鲋丝毫不念旧情，得了贿赂却仍然不放人，最后竟然把季平子押回晋国。

羊舌鲋始料未及的是，他的做法不仅让鲁国大感震动，口诛羊舌鲋，连晋国群臣也议论纷纷，对羊舌鲋假公济私、忘恩负义的做法嗤之以鼻。而晋国当时正计划攻打楚国，若与鲁国撕破脸将会造成两面受敌的不利局面，韩宣子便要求羊舌鲋马上释放季平子，着手改善晋鲁关系。谁知季平子把声誉看得十分重要，大声抗议晋国想抓就抓、想放就放的霸道作风，放言不给个说法就赖着不走。季平子还提出一定要召开盟国大会，晋国当众向鲁国赔礼道歉，然后用车礼送他返回鲁国。事情到了不可收拾的地步，韩宣子下令让羊舌鲋自己收拾这个烂摊子，否则就将他治罪。

羊舌鲋这可犯了难，想来想去，便打算利用季平子独自在外、四处无援的处境和多少有些恐慌的心理，恩威并用，把他吓跑。羊舌鲋见到季平子，先不劝说，而是假惺惺地诉说当年如何如何受到季平子爷爷的照顾，心中时刻不敢忘记恩情，是迫于君命才会如此，声泪俱下地演了场戏，成功地让季平子卸下心理防线，相信了他。之后，羊舌鲋又谎称晋国对季平子不肯走很生气，要把他放逐到西边非常荒凉的地方去，"都已经派人在人迹罕至的黄河边上为您造房子了"，并说自己是感念恩情，冒死劝他快走。季平子一听，好汉不吃眼前亏，自己回国去了。羊舌鲋看自己这么简单就唬走了季平子，得意扬扬，赶紧跑到韩宣子面前邀功。韩宣子看到一场外交冲突这么快就解决了，认为羊舌鲋办事能力不错，恰逢此时晋国司寇官位空缺，便让他代理司寇。结果，经此一事，羊舌鲋居然轻而易举地得到了晋国的刑狱诉讼大权。

枉法裁判贪美色　对方一怒将其杀

昭公十四年（前518年），成为代理司寇的羊舌鲋，走上了人生权力的巅峰，更加有恃无恐。不久，韩宣子把一桩诉讼多年却没有能够解决的贵族之间土地纠纷案交给他来处理。案子的原告邢侯与被告雍子是兄弟俩，同父异母，都是在晋国非常有地位、有影响的人物。两人的纠纷已久，源起两人封地相连，却没有做很明显的地界划分。雍子起了贪念，扩大边界，侵占邢侯的土地。兄弟俩历来不和，邢侯告到韩宣子那里，韩宣子看他们是兄弟，又都是功臣，谁都不想得罪，便一直和稀泥，一拖拖了好多年。雍子自知理亏，他想用贿赂的办法来摆平这件事，一直在向韩宣子送礼，然而韩宣子并没有搭理他。

羊舌鲋要接手这桩案子的消息被雍子知道后，雍子"先下手为强"，把自己年轻漂亮的女儿嫁给羊舌鲋。羊舌鲋一得到美人便不问是非曲直，宣判雍子无罪，邢侯有罪，并强行划宽雍子封地的边界，让雍子获得了大量土地。邢侯当然不服，一再要求重新审理，可羊舌鲋作为代理司寇就是坚持不改判。邢侯了解事情原委后，勃然大怒，怒气之下一刀杀了羊舌鲋，又急速赶回封地杀死了雍子。羊舌鲋怎么也没想到，沙场打拼多年、如日中天的自己，竟会死在了邢侯的刀下。

死后以墨被定罪　暴尸于市留骂名

羊舌鲋被杀的消息一时成为晋国最大的新闻，人们奔走相告。大家普遍认为，羊舌鲋身为代理司寇，知法犯法，如此下场是罪有应得。舆论使韩宣子这次不能再敷衍了事，圆滑世故的他把羊舌肸叫来，问他这件事怎么处理，以免得罪羊舌家族。

羊舌肸并不偏袒自己的弟弟，他说："如此乱法，三个人都应定为死罪，现在只要施生戮死就行了。""施生戮死"就是杀死活着的邢侯，戮尸已死的羊舌鲋和雍子。羊舌肸进一步分析说："雍子贪占别人的土地，却不思退还而去贿赂执法官员；羊舌鲋知法犯法，利用手中的权力去谋私；邢侯明知故犯，犯罪的性质都很严重。"羊舌肸又引用夏朝皋陶制定的法典，加以说明："己恶而掠美为昏，贪以败官为墨，杀人不忌为贼。《夏书》：昏、墨、贼，杀。皋陶之刑法是世人所公认的，请按他的法典办吧。"韩宣子接受了羊舌肸的意见，杀了邢侯，将已死的羊舌鲋定罪为"墨"，与雍子两人暴尸于市。

羊舌鲋的行为传入了孔子耳朵里，孔子颇为不齿："邢侯之狱，言其贪也。"意思是说，在处理邢侯案件中，羊舌鲋枉法攫取美女，是一个彻头彻尾的贪官。孔子口诛羊舌鲋"贿也""诈也""贪也"，意思是羊舌鲋集三恶于一身，死有余辜！对于羊舌肸公正不阿、惩贪诛墨的行为，孔子也给予了高度赞扬："治国制刑，不隐于亲""以正刑书，晋不为颇"。

羊舌鲋以"墨"定罪在中国历史上造成了深远的影响，"贪墨"一词由此发源,后朝皆把贪污作为重罪,且一般都将贪官判处极刑。羊舌鲋由此成为了中国贪官的"鼻祖",遗臭万年。

读罢贪鱼落网记　借古抒怀有三问

一问,时光已过三千载,贪腐手段何所似?羊舌鲋的故事已经距今二千五百载,按说不论是经济、文化,还是生活方式,与现在相比可以说是天差地别。然而我们细数羊舌鲋的贪腐行为,贪权、贪财、贪色、知法犯法,这与如今的贪官们又何其相似!羊舌鲋收的是绫罗绸缎、金银财宝、年轻美女,如今贪官收的是LV、爱马仕、银行卡和性贿赂。羊舌鲋运用的是自己的军权、审判权贪赃枉法,如今贪官照样是运用职权、职务便利索贿受贿。羊舌鲋行为猖獗,几乎是明目张胆、从不避讳,如今贪官也不乏这种人——"告我怎样?!""我这级别,几个不是贪官?!"贪官为什么如此相似?究其根本,皆为权、利。几千年的封建统治,一些人的思想中充满了对权力和财富的崇拜与觊觎,很多贪官更是只想要权力、得利益,却推脱责任、放弃原则、不见危险。然而,人见利而不见其害,必贪;鱼见饵而不见其钩,必亡。要知道,世路无如贪欲险,几人到此误平生。

二问,家中父兄皆贤德,为何仍出大贪鱼?羊舌鲋家中贤人辈出,史书上对其父、兄、嫡母都有清廉贤明的记载。特别是其兄羊舌肸不仅被孔子称赞,《左传》中更是认为其有着"儒家思想的理想人格",与子产、晏婴、孙叔豹、子罕齐名。为什么在这样的家庭背景下成长的羊舌鲋,却会成为贪婪成性、奸佞霸道之徒?难道家人没有严格管教、没有耐心劝说,抑或是羊舌鲋完全听不进去?纵观当今贪官,亦是如此。许多贪官的父母老实本分、品德高尚,不少贪官背后都有着时常劝廉的家人和朋友。重庆市北碚区原区委书记雷政富受审时,他75岁的老母亲衣着朴素、手上都是老茧,一遍遍说着"做啥子官嘛";四川省交通厅原副厅长郑道访的母亲经常告诫他"要做清官,不做贪官";安徽省原副省长倪发科,甚至在读到别的贪官母亲来信时落泪,在当年市纪委会议上表态绝不贪腐、狠抓贪腐。

为什么家人情真意切的教育和劝告没起到很大作用?为什么看到父母劝告泪洒两行、感动至深,看到利益又欲罢不能、铤而走险?说穿了,家人的劝告只是软约束,在诱惑面前贪官很可能轻易突破。而一旦突破,家人的话都听不进去,来自其他渠道的道德劝诫更是耳旁风。反腐,严密的制度更为有效和有力。羊舌鲋之所以胆大妄为,与其自身贪婪的个性、韩宣子的放纵、周围人不敢言不愿言的态度有很大关系。在羊舌鲋身上有如此多的权力时,不能奢望他也拥有他父兄的贤德品质,而是应该用法律、用监督来管好他、引导他。要加强对权力运行的制约和监督,把权力关进制度的笼子,形成不敢腐的惩戒机制、不能腐的防范机制、不易腐的保障机制,让贪官不敢腐、不能腐、不易腐,才是关键。

三问,如日中天大权揽,意外身死真意外?读罢羊舌鲋的故事,想必不少人都认为羊舌鲋的死是意外事件。当时的羊舌鲋可以说是春风得意、如日中天,获得了晋国的代理司寇职位,军事能力受到晋侯和韩宣子的认可,而父兄又在晋国任要职。凭羊舌鲋的能力、家族势力,以及晋国急需羊舌鲋这种军事人才的现实情况,韩宣子就算得知真相也不一定严肃处置他,更不会判他死刑。结果邢侯知道羊舌鲋受贿后故意错判,一时忍不住怒火,一刀把羊舌鲋杀掉了。不得不说,羊舌鲋的死确实存在偶然因素。然而,这真的只是一场彻头彻尾的意外吗?纵观历史,贪腐的下场最终都是可悲的。历代贪官重则身首异处、牵连家人,轻则身陷囹圄、丧失自由。这些人中不乏"能人""贵人""聪明人",他们却都像羊舌鲋一样,栽在了一场"意外"中。小职员偶然发现账册问题、行贿人意外和盘托出、转账记录不小心被查到,甚至是家里突然漏水,就在这些他们所认为的"意外""小概率事件"中,东窗事发、恶行败露。说到底,皆是侥幸心理作怪罢了。法网恢恢,疏而不漏,贪腐必将付出沉重的代价。

千年岁月，羊舌鲋身为"羊舌四族"所做出的军事功绩史书已鲜有记载，而贪腐事迹却笔墨良多。羊舌鲋作为中国第一个因贪论罪的大贪官，被永远钉在了历史的耻辱柱上。正所谓，一腐必败。

（蒋　丹）

先秦时期贪廉小故事链接

晏子拒赐成美谈

晏婴（前578—前500），又称晏子，字仲，谥号"平"，春秋时齐国夷维（今山东高密）人，春秋时期齐国著名政治家、思想家、外交家。晏婴的父亲晏弱为齐灵公时上大夫，父亲死后，晏婴继任为上大夫，历任齐灵公、庄公、景公三朝。晏婴虽然身为三朝宰相，但却始终过着清贫生活，穿粗衣，吃粗粮，居陋室，骑劣马。吃的是"脱粟之食""苔菜"，年复一年"食菲薄"。景公多次要给他调整住宅，他婉言谢绝。一次趁着他出使在外，齐景公为他建了一座新房，但他坚决辞谢，拒绝搬迁。给他金银裘皮、好车好马，他坚持不受，景公见他的妻子又老又丑，把女儿赐给他，晏婴更是婉言谢绝。不仅如此，晏子还时常把自己所享有的俸禄送给亲戚朋友和劳苦百姓。晏子拒赐成为千古美谈。《杂下》记载了晏子和齐景公的一段对话，晏子对齐景公说："君使臣临百官之吏，臣节其衣服饮食之养，以先齐国之民，然犹恐其侈靡而不顾其行也。今辂车乘马，君乘之上，而臣亦乘之下，民之无义，侈其衣服饮食而不顾其行者，臣无以禁之。"意思是，要以节俭做表率，以防百姓过分追求物质享受而造成社会风气的混乱和道德败坏。也许正是这样高尚的品格，才使后来的司马迁发出这样的感慨："假如晏子还活着，我就是为他执鞭驾马，也是心向往之啊！"

（田秀娟）

伯嚭贪贿亡吴

伯嚭,春秋晚期人,其祖先原为晋国人,至其祖父伯州犁时,因遭人迫害,出逃楚国,在楚国得到重用。可惜好景不长,到伯嚭父亲郤宛时,因为人耿直,贤明有能,被人屡进谗言,结果遭到楚国令尹子常攻杀,并且株连全族,伯嚭侥幸逃脱。伯嚭逃亡到吴国后,被同样流亡吴国的伍子胥强烈推荐,得到吴王阖闾宠信。公元前506年,应伍子胥和伯嚭复仇伐楚的请求,吴王任命孙武为大将,伍子胥、伯嚭为副将,大举攻楚并成功复仇。可惜,伯嚭生性贪婪,按照越国大夫文种所言:"吴国太宰伯嚭,贪财好色,忌功嫉能。"在吴王夫差为报父仇兴兵灭越时,勾践在危亡之际接受文种建议,派人以8个美女和一批宝器贿赂伯嚭,在他暗助下得以求和。在勾践"入臣于吴"做夫差仆隶之臣时,又多次重贿伯嚭,伯嚭贪财忘义,屡屡卖国,导致勾践免于被杀,并在三年后被放回国。后伯嚭怕伍子胥知道其里通外国之事,心生毒计,将其害死。公元前478年,经过十年生聚,卧薪尝胆的越王勾践带兵打败了吴国。伯嚭自以为有恩于勾践,能够再次飞黄腾达。没想到,在朝堂上,越王勾践却以其"不忠其君,而外受重赂,与己比周也"的罪名,诛杀了这个贪贿卖国的伯嚭。

(田秀娟)

西门豹主动辞官

西门豹(生卒年不详),战国时期魏国人,是著名的政治家、水利家。魏文侯时西门豹任邺令,他为人清廉刻苦,不谋私利,可对魏文侯身边的近臣很是"怠慢"。于是魏文侯身边的人就联合起来,说西门豹的坏话。西门豹任邺令一年去汇报工作时,魏文侯要收回西门豹的印信,西门豹说:"我过去不知道如何治理邺,现在知道了,请大王再给我一次机会,如果再治不好,愿意接受死刑。"魏文侯听西门豹言辞恳切,就再给他一年时间。这次西门豹上任后加紧搜刮百姓，讨好左右的人。一年之后，西门豹再去汇报工作，魏文侯亲自出来迎接他。西门豹说："往年我替君主治邺，君主要收回印信，今年我换个方法，君主却向我致谢，我不能再治理下去了，请允许我辞职。"魏文侯听了这句话，幡然醒悟，说："过去我不了解你，现在了解了，请你继续替我治邺。"

（吕宏伟）

郭开地窖藏金

郭开，战国末期赵国人，秦始皇时期郭开被封为秦国的上卿，也是秦初期有名的大贪官。据说，在秦军大获全胜开拔回朝时，郭开也要随秦军班师回咸阳就任新职，可是因他收受的黄金太多，无法携带，于是就悄悄将金银悉数埋入家中的地窖。三个月后，郭开向秦王告假回邯郸搬家，郭开从地窖里挖出黄金，加上其他财物，装了满满十四大车，马车浩浩荡荡向西进发。车队刚进秦国不久，一伙不明身份的蒙面强盗窜出，截住去路，不由分说杀了郭开全家，抢走车上的财物，秦国大贪官郭开就这样稀里糊涂地进了阎王殿。

（吕宏伟）

秦
汉

秦汉时期吏治特点

公元前221年,秦始皇统一六国,结束了"七雄争霸"的乱局,建立了中国历史上第一个君主专制中央集权的封建制国家,严刑峻法,苛政暴敛。最终,秦也因暴政失民心,二世而亡。取代秦的,是平民出身的刘邦所建立的西汉王朝。西汉、东汉王朝共存四百多年,在全面继承和发展秦法制基础上,进一步巩固和发展了封建专制统治,摸索建立了"大一统"的政治法律体系,奠定了中华法系的基础。这一时期的清官与贪官,在一定程度上决定了国家的走向与兴衰,成为记录历史的关键人物。

秦汉时期,严苛的法律奖惩制度和儒家思想的进步,"礼"与"法"的结合,有一批清廉之士为秦汉的发展做出了突出贡献。他们注重廉政教育,重家风遗训,讲究个人修为,君子修身养性,在成为廉洁为政表率的同时,也展现了良好的自控力与高超的拒贿艺术。这一时期清官典型人物主要有:文翁、王成、黄霸、朱邑、龚遂、召信臣、卫飒、任延、王景、秦彭、王涣、许荆、孟尝、第五访、刘宠、仇览、童恢、李冰、李广、张良、倪宽、赵广汉、张释之、汲黯、尹翁归、孔奋、张堪、祭遵、杜诗、董宣、杨恽、杨震、杨秉、羊续、和洽等。当然,秦汉时期也有重臣擅权、"能人"腐败。这一时期权力腐败与王朝衰亡有着千丝万缕的联系,包括宦官与权臣相互勾结或外戚与宦官交替把持朝政。东汉大贪官、跋扈将军梁冀就是外戚专权的典型。这一时期卖官鬻爵,政以贿成,"铜臭"一词就来源于东汉。贪官失职渎职,徇情徇财,凭借权势,强夺民财,勒索百姓。这一时期贪官典型人物主要有:李斯、赵高、徐福、邓通、田蚡、主父偃、张汤、西汉五侯（外戚王氏一族：王谭、王商、王立、王根、王逢）、王温舒、杜周、田延年、石显、淳于长、董贤、窦宪、梁冀、东汉五侯（宦官单超、左悺、唐衡、徐璜、具瑗）、侯览、张让、赵忠、董卓、袁术等。

经过春秋战国数百年的融合，秦汉时期政治、经济、社会与思想文化等各个方面出现了"大一统"的趋势。社会的变化、制度的创立和更新，都使秦汉时期的清廉与腐败呈现出鲜明的时代特点。

从皇帝执政风格讲，秦建立之初，吏治较为清明，但秦始皇对于荒淫生活的无度追求，毒化了政治风气。而追逐生活的安乐、享受往往是官僚队伍走向腐败深渊的开始。正所谓"上之所好，下必效之"。秦二世表明自己的人生目标就是"欲悉耳目之所好，穷心志之所乐"，即位以后穷奢极欲，"大为宫室，厚赋天下，不爱其费"，吏治迅速走向腐败。以刘邦为首的统治者总结秦亡的教训，励精图治。西汉初年有过一个短暂的世风清正时期，出现了"文景之治"，文帝与景帝以节俭名垂青史。在黄老思想主导下，无为而治。到汉武帝时期，统治集团内部奢侈风气开始蔓延，到西汉中期，奢侈腐化局面日益严重。汉元帝问事之机，听取贡禹等人建议，主动抑奢，但他无力抑制外戚、大臣的奢侈腐化。而汉成帝直接无视谏臣的劝谏，在认识到后果严重性之后，才下诏要求司隶校尉对奢侈腐败之风严加督查。

从廉政和腐败惩罚制度建设讲，秦汉时期，在官吏选用及管理方面，通过考试选拔高级官吏，如汉代的察举制度，通过考课制度防止腐败行为，如汉朝的"四行"。官吏任用的回避制度更是始于汉朝；在监察与权力制衡方面，秦汉初期最高行政长官之一御史大夫为副丞相，牵制丞相、监察百官。汉武帝时期，设立司隶校尉，形成了立体监察机制。刺史制度对肃清吏治、防止腐败起了很大作用，也成为延续后世的经验；在乡论及舆论监督制度方面，举孝廉，汉代起，个人家庭孝悌等伦理行为所形成的地方声誉是国家选拔官吏时的重要参考；在奖惩与养廉方面，东汉开国后，着意提高了俸禄以养廉。对贪污、行贿受贿罪惩罚严厉。秦汉时期将贪污受贿列入《盗律》，规定贪污十金即十万钱以上者为重罪，处以死刑。对贪吏不赦免，牵连后人，"坐赃，终身捐弃"。对官吏的日常行政与行为管理严格，甚至在出行车马仪仗、饮食待遇上都有细致条文，避免他们在行政或生活中腐败。

从统治社会的主导思想讲，秦朝以法家思想为主导，陆贾认为："秦非不治也，然失之者，乃举措太众、刑罚太极之故也。"严刑峻法的同时，也出现了"焚书坑儒，不分亲疏，不分贵贱"的野蛮思想。汉初推行黄老思想，注重休养生息。汉武帝及以后则是"罢黜百家，独尊儒术"，使儒家思想达到全盛时期。

从社会风气讲，西汉初年，主张诸事从简，节省财政开支，开创了清明简朴之风。随着财富的增加和国家经济实力的增强，尤其是到了汉武帝时期，上流社会崇奢侈、讲排场、攀比之风日渐盛行，官僚贵族生活逐渐腐化堕落，贪贿成风，道德沦丧，吏治败坏已经直接威胁到西汉的社会稳定，社会上也出现了"逐利无已，犯法者众"的局面。西汉时期奢靡的社会风气造成人伦纲纪破坏、道德缺失和社会混乱等种种危害。东汉时期的奢靡风气更胜，官僚贵族争相"奢衣服、侈饮食"。

从官场习气讲，卖官鬻爵制度起源于秦，并在汉代得到发展。汉初文臣武将多来自社会中下层，从而形成了布衣将相的格局。但随着布衣将相贵族化过程的发展和经济的恢复，奢靡之风也日渐增长。汉武帝通过卖官鬻爵暂时缓解了财政困难，但对当时的吏治产生严重的负面影响。东汉时期公开卖官鬻爵，与东汉时外戚宦官擅权干政密切相关，卖官已经成为汉末皇帝、权臣、宦官巧取豪夺的工具，加速了东汉政治腐败的进程。在崇尚功名的社会中，社会舆论衡量一个人社会地位的唯一尺度是占有财产的多少，衡量一个人成功与否也是以聚敛的财富为重要标志。那些有权有势、不劳而获的统治者的虚荣心和贪婪本性，在这种社会评价标准的刺激下更加膨胀，他们奢侈腐化的生活方式通过各级官吏层层下移，导致社会奢侈成风。奢侈腐败的世风，破坏了社会秩序和规范，助长了腐败的滋生，从而出现各级官僚"争于奢侈，室庐车服僭上亡限"的局面。

（杨同柱）

"四知先生"亮剑腐败 清白传家 四世为相
——东汉清官杨震

两千年历史风云变幻,唐朝谏臣魏征以他的画像不断自省,"包青天"包拯曾三次奔赴他的故居拜祭,宁死不降的文天祥曾以他的名言怒斥汉奸,海瑞蒙冤入狱时读他的传记而泪如雨下。他,是中国历史上真正的反腐"剑客",不屈不挠的铮臣。他,更是一块令贤者激奋、奸佞战栗的丰碑。拂去岁月浮尘,丰碑上的名字现出:杨震。

名门之后一心向学 自强不息立志清廉

杨震,字伯起,弘农华阴(今陕西华阴东)人,生于东汉永平三年(60年)。杨震出身名门,他的家族"弘农杨氏"可谓来头颇大:八世祖杨喜是西汉王朝的开国功臣,被刘邦封为"赤泉侯";高祖杨敞曾官至丞相,还因拥立汉宣帝有功,被封"安平侯"。但到杨震这一代就比较"苦命"了:杨家从西汉末期开始破落,祖父杨谭和父亲杨宝,皆是不曾为官、"甘守贫寒"的教书匠,日子过得有些艰辛。父亲杨宝更是无意出仕,志在归隐,他通晓欧阳派《今文尚书》①,一直在家乡收徒讲学。王莽摄政期间,曾征召过杨宝,但他拒绝出仕,还隐姓埋名逃往他乡以避灾祸。但身为一

---

① 欧阳派《今文尚书》创始于西汉欧阳生,是汉朝儒家学派的特殊一支。汉朝时整理典籍,由秦博士伏生口述《尚书》残本,以汉朝隶书誊写,因此名为《今文尚书》。汉朝以来,《今文尚书》又分大小夏侯氏学和欧阳氏学,儒学宗师恒郁和杨震父亲杨宝均是欧阳派《尚书》的传人。

方名儒,杨宝对杨震的功课丝毫没有放松。

父亲杨宝去世后,杨家日子更加艰苦。都说穷人的孩子早当家,杨震小小年纪就开始挑起家庭生活重担:种地收粮挑水劈柴,侍奉母亲照料弟弟,还为贴补家用开了几亩荒地种草药。《续汉书》上说杨震"奉母教弟,乡里称孝"。虽遭父丧,但粗通文墨的母亲,接过了教育杨震的"接力棒",时常以祖先的丰功伟绩训导他,要杨震时刻牢记光耀门庭的使命。

15岁那年的一天,太常①恒郁主动找上门了。身为"正部级"官员的恒郁是东汉儒学宗师,一生桃李满天下,曾教过汉明帝和汉和帝,"两代帝师,可谓亚圣人"。恒郁是杨震父亲挚友,此次登门原本只是顺道探望一下,与杨震一番交谈后大加赞赏,叹其"敏而好学",决定收杨震为徒,带他随自己去洛阳求学。杨震的母亲深明大义,平静地说了一句话:"若负汝父之清名,则永不相认也。"作为对杨震全部的期望。

杨震到洛阳后,虽是"插班生",但他悟性极强又学习刻苦,不但通读各类儒家典籍,还广泛涉猎天文、历法、数学等各个学科,再加上他为人正派,很快就有了"立身刚正""明经博览"的良好口碑。欧阳派《今文尚书》尤以清廉代代传承,出名家大儒,更出了不少清官,如西汉时期的毛介、欧阳高,东汉初期的董宣、郅珲等。恒郁自己本就是出名的"直臣",刚正不阿,他对杨震不只是学问的传授,更多的是做人的引导。几年"帝师"门下的求学生涯、儒学经典的浸淫,给予了杨震一把永不抛弃、紧握一生的清廉之剑。

关西孔子槐市遗风　鹳雀送鳝初入仕途

杨震20岁那年的某天早课上,恒郁讲到西汉欧阳派先贤欧阳地余清廉自守的故事。欧阳地余是汉元帝时代的名臣,官至侍中,一生清贫,

---

① 太常,东汉时期的官职名称,主管宗庙祭祀和朝廷礼仪,相当于现在的"文化部长"。

去世时家无余财，更以廉洁诫其子："我死，官属即送汝财物，慎毋受。汝九卿儒者子孙，以廉洁著，可以自成。"①众学生纷纷表示要向这位廉政模范学习。而杨震却是长长地"唉"了一声，随后掷地有声地说出自己奋斗终生的理想：儒家弟子当清廉自守，更要铲奸除恶，匡扶社稷，如此方不负圣人之教也。恒郁愣了半晌后便是欣喜，因为他确信自己的弟子杨震可以圆满结业了，并嘱咐杨震要多历世事、体察民情，方能如愿。

杨震带着恩师的嘱托毕业了，拒绝了诱人的"城市户口"。他打点行装回到陕西华阴老家，一边奉养母亲教导幼弟，一边子承父业开始教书。杨震追随父亲的脚步，来到华山脚下的牛心峪，把父亲当年办过的学校重新打理起来，这一教就是三十年。

杨震是身体力行的教育改革者：一方面他废除了当时学生既要鞍前马后伺候老师又要给老师家里当长工的陋习，宽厚对待每一位弟子；另一方面他又治学严谨、倾囊相授。十里八乡的学子们都挤破头皮来报名，几年后杨震的学生就突破千人，当地也因此得名"杨门槐市"②。杨震又相继在陕西华阴双泉学馆、河南灵宝豫灵镇开班授课，这一教又是十数年。此时的杨震已是东汉知名教师，但他办学从来不收"天价报名费"，对所有弟子一视同仁，几个学校间来回奔波，不辞辛苦，只为一件事，传播儒家圣人之道。

东汉时期并没有科举考试，想要出仕主要通过"举孝廉"的方式，即由地方官推荐当地名士入朝为官。杨震其实早已符合"举孝廉"的条件，在他教书育人三十年间，各分校所在地的地方官二十余次举荐他，但他都不为所动、不改初衷、不忘初心。他的教育事业也达到顶峰：门下弟子三千余人，虞放、陈翼等人成为后世皆知的东汉名臣。杨震也因此得一雅号：关西孔子。

教书育人之余，杨震也谨记恩师恒郁的谆谆教诲，时刻不忘体察民情、

---

① 《汉书·欧阳地余传》。
② 牛心峪槐树甚多。

了解民间疾苦。河南讲学期间,他曾帮助农民改装农用水车,给地方官提出更新农具等建议,还喜欢将所到之处的民风民情记录下来,不时翻看。

杨震为人师传道授业的日子,持续到东汉永初四年(110年),杨震50岁的一天。据说,这天杨震正在讲课,忽然有一只鹳雀飞进课堂,口里叼着三只鳝鱼,放下之后就扑棱扑棱翅膀飞走了。有人告诉杨震,鳝鱼是做大官的象征,三只鳝鱼说明他将位列三公。而这"鹳雀送鳝"的神话也流传甚广,当时汉安帝的母亲邓太后十分赏识杨震,从那年的一月份起,便派自己的兄长、时任大将军邓骘连续三次登门邀请。"三顾茅庐",杨震终于被打动,放下执掌三十余年的教鞭,入朝为官。

救火能臣惩奸除恶　秉公执法深得民心

邓太后力邀杨震,最初只是想借他的名望来巩固势力,根本没想到这个文弱的儒生竟然成了自己的"一块砖",哪里需要往哪里搬。初入仕途,杨震在大将军府当幕僚,几次闲聊下来,邓骘觉得他对时局看法切中时弊、对州郡民情了如指掌,便向邓太后举荐这位"救时之才"。杨震从此坐上仕途"直升机",当年秋天即被任命为荆州刺史,成为真正意义上的"封疆大吏",守一方安宁。

但当时的东汉早已不复盛世光景,而是内外交困、危机四伏。永初元年(106年)起,接连发生了大规模自然灾害:最先是三十七郡遭受水灾,接着河西诸郡闹旱灾,山东、河南两省又遭雹灾。国库储备捉襟见肘,可谓国事维艰。所幸,当时把持朝政的邓氏一族还算是有所担当、有所作为,大将军邓骘主动提出削减封地和俸禄,倡导节俭以共度国难。邓太后虽是一介女流,但仍有勇气直面困局,选贤任能分赴灾区"救火"。杨震也被选中,他即将赴任的荆州,也是"重灾区"之一。

荆州本是战略要地、东汉重镇,地产丰富,有"天下税粮出荆襄"之说,可谓东汉的"钱袋子"。但杨震到任时,"钱袋子"早已满是窟窿,名门望族忙着兼并土地，社会矛盾激化，农民暴动不断，甚至落草为寇。当时国家穷，但官场的吃喝风依旧不减。杨震到任后，各路衙门争相请客。杨震婉拒，并以刺史名义在自家宴客。

所有人都没想到，这场宴请只是杨震快刀斩乱麻的招数之一。只见桌上都是家常菜，看不见半点荤腥。吃惯了大鱼大肉的官员们自然是食不下咽，但杨震却吃得津津有味，还给大家一笔一笔地算账：农民日子多辛苦，官员一顿宴请要花去多少民脂民膏，顺便把众官员的烂账算了个遍。接着大手一挥，门外兵士应声入内，把众官员吓得瘫倒在地。随后杨震拿出当年教育学生的耐心，循循善诱，大谈为官清廉的重要性，恩威并施之下，众官员纷纷表示愿意跟随刺史大人，赴汤蹈火、肝脑涂地。之后便是清丈土地、追缴欠税、严查不法财产。经此一战，"杨青天"的名号一炮打响，荆州近二十年的土地账册也慢慢查清，"钱袋子"的窟窿终于补上了，纷乱不休的荆州地区也逐渐重归太平。

没想到，这安稳日子刚刚过了没两年，杨震再度得到调令：调任东莱太守。东莱是个比荆州还让人闹心的地方，天灾人祸攒在一起，甚至出现了"人相食"的凄惨境况。赴任之前，朝廷就已经通知杨震：赈灾可以，粮食，自己想办法。

面对空空如也的莱州官仓，杨震很是无能为力。这时，有人悄悄告诉杨震，当地的富户家家都有存粮，但他们宁可把粮食堆在仓库里，也绝不给老百姓一粒米。既然有粮，杨震决定从当地最著名的望族耿家入手，直接登门求粮。求了两次，人家只有两个字：不借。倔强的杨震脾气上来，直接守在耿家门口，铁了心跟他们耗上了。这一耗，就是整整三天，滴水未进的杨震晕倒在耿家门口。饿死朝廷命官可不是闹着玩的，耿氏一族只得求饶，开仓放粮。随后，东莱的其他富户也纷纷"放血"。在杨震的努力下，东莱混乱不堪的局势慢慢开始扭转。但杨震虽手握钱粮，每天"止食一餐"，属下劝他注意饮食，他叹息道："民未果腹，我心何安？"

刚刚治理好东莱，杨震又被一纸调令派到河北涿州。到局势更加动荡的涿州赴任，杨震本来做好了打一场恶战的思想准备，轻装简行。没想到刚到府衙，问题就解决了。原来，老百姓们齐刷刷跑到衙门自首来了，说自己造反是被贪官们逼迫的，但现在"杨青天"来了，大家甘心伏法。杨震秉公处理，只处斩了几个领头者。行刑之时，领头者们不但没有怨言，还恭恭敬敬地向监斩的杨震叩拜。杨震治理涿州两年，当地"盗贼几绝迹，官民大安"。

七年之间，从荆州，到东莱，再到涿州，杨震像东汉王朝的"救火队员"，一路走来，他每次都以忧国忧民之心安抚百姓，以雷霆之势亮剑腐败，惩奸除恶，救百姓于水深火热之中，苦心孤诣治理一个又一个"重灾区"，"杨青天"堪称东汉"最牛地方官"。

四知先生暮夜却金　治家有方清白传世

杨震没想到的是，在调任东莱太守的途中居然遇到一位故人。杨震有个学生叫王密，是荆州人。杨震在任荆州刺史时，王密出谋划策颇多，爱才惜才的杨震便举荐他为茂才。在调任东莱太守途中留宿昌邑县时，杨震才知道王密已是昌邑县令，主政一方。故人相逢，自是分外高兴。白天，王密带领县里的一些官员前来拜见，相谈甚欢，提起一些荆州往事，两人皆是感慨不已。

一直以来，王密对杨震的知遇之恩心存感激，但苦于没有机会报答恩师。此次恩师途经昌邑，王密觉得正是天赐良机。白天见面人多眼杂，自己根本没有机会表示什么。思考一番后，王密决定前往杨震的住处。夜色渐浓，倦鸟归巢，月上柳梢头，昌邑县令王密将一包沉甸甸的东西揣进怀里，整理好衣冠出门去拜见杨震了。

对于王密的深夜拜访，杨震多少有些意外，但还是客气地奉茶让座。坐定之后，王密拿出怀里的东西，说："知遇之恩，理当回报。今日略备薄礼，不成敬意，万望笑纳。"打开之后，一块金灿灿的金子刺伤了杨震的双眼。杨震脸色变得阴沉，灼灼双目注视着王密的眼睛，严肃地问道："我了解你，你还不了解我吗？"王密自作聪明地认为杨震拒收黄金是怕毁了自己清廉的官名，赶紧解释道："我这么晚过来就是为了避人耳目，这事儿没人知道！您就放心收下吧。"

杨震拍案而起，大声训斥道："天知，地知，子知，我知，何谓无知者！"这几句怒斥让王密羞愧得满脸通红，急忙起身谢罪，收起金子离开了。这振聋发聩的怒吼，在当时传得人人皆知，杨震也有了一个响亮的称号：杨四知。四知先生暮夜却金的故事，穿越千年的岁月，警示着无数贪官污吏，也激励着无数廉吏贤能。

暮夜却金只是杨震表里如一、清廉正直的写照之一。为官多年，他始终以"清白吏"为座右铭，不受私谒，不谋私利。杨震不仅自己生活朴素，对待晚辈也是言传身教，每日粗茶淡饭，他的俸禄大多用来周济他人，从不给子孙买房置地。有的亲戚看不下去，奉劝他要多为自己考虑，多为子孙后代置办些产业，杨震固执地摇摇头，他说："使后世为清白吏子孙，以吾观之，不以厚乎？"

清白传家、治家有方，杨震的后代也是个个有出息，皆是洁身自好、清廉自守。二儿子杨秉日子过得清苦，属下看不下去，凑了一百万钱，但他家门紧闭，坚决不收，还曾从容地对别人说："有三样东西无法迷惑我，那就是美酒、女色、财富。"杨震、杨秉、杨秉之子杨赐、杨赐之子杨彪都因功绩卓著且清廉公正而位列三公，杨氏一族清白传家、"四世为相"也成为我国历史上一段流传千年的佳话。

清廉守节亮剑腐败　　直言纳谏遭受诬陷

元初四年（117年）六月，杨震正式结束自己的"最强地方官"生涯，进京担任太仆一职，半年后擢升太常。杨震依旧秉持自己耿直的性子，大力举荐人才，启用陈留、杨伦等知名学者为官，还废黜了多名尸位素餐的官员。三年后升任三公之首"司徒"（也就是丞相），他多次要求整顿吏治，严肃惩治不法权贵宦官。两年后，杨震调任太尉，成为东汉王朝的"国防部长"。他上任的第一件事就是无视汉安帝打的"招呼"，拒绝给汉安帝的舅舅升官。

杨震顺遂的仕途，从荆州到洛阳，从地方到中央，固然有他本人的勇敢无畏，但邓氏家族的支持也是不能忽略的。杨震刚刚走到顶点的政治生涯，在东汉永宁二年（121年），随着邓太后的驾崩遭遇了转折点。汉安帝压抑多年，终于触底反弹：邓太后尸骨未寒，邓家兄弟姐妹九人相继获罪被杀，风光的大将军邓骘也在削职为民后被迫害致死。杨震因其德高望重，虽未株连其中，但明显已不受皇帝待见。

汉安帝是东汉有名的荒唐皇帝，亲政后的表现基本可以概括为不分善恶、不辨忠奸、不务正业。汉安帝依靠宦官势力执掌大权，得势后对助他的宦官江京、李闰等贪婪狡诈之徒分外倚重。还有汉安帝的奶妈王圣及其女儿伯荣，几人沆瀣一气挖国家的墙脚，王圣、伯荣二人还互相斗富，大兴土木豪宅，连出门都强令沿途地方官甚至王孙贵族行跪拜礼。伯荣更是长期"出入宫闱，交通奸赂"，几乎天天传出性丑闻。

当时的东汉，已是糜烂至极。杨震眼睛里自是容不得这样的沙子，直接上奏章向王圣母女二人开炮。但这个字字喷火的奏折被汉安帝随手就拿给了王圣母女，二人恨得牙根子痒痒，立刻结成"反杨震统一战线"。

延光二年（123年），大汉王朝烽烟四起，身为"国防部长"的杨震竭力御敌。但军饷亏空，仗打不下去了。杨震一边竭力调度，一边向宦官们开炮，顺便还把汉安帝骂了一通。杨震与大司农胡广密切配合，终于筹措到一笔钱粮以解前线燃眉之急。

延光三年（124年）年初，宦官李闰再次以汉安帝的名义下诏，命大司马胡广挪用这笔救急钱粮为自己修建住宅。胡广性子软弱不敢反抗，到手的军费飞了。杨震闻讯后暴怒，再次写了一篇讨伐檄文，急匆匆送到汉安帝手里。但汉安帝仍旧是看都不看一眼，随手扔在地上，拂袖而去。杨震觉得这是彻头彻尾的羞辱，自己已经完全失去了汉安帝的信任，心灰意冷、身心俱疲，闭门谢客。

直到一个叫赵腾的人出现。赵腾只是河间府的一个平头老百姓，与杨震素昧平生，也没读过多少书，更没做过官。杨震闭门谢客期间，赵腾竟然勇敢上书批评朝政，怒斥李闰等奸佞之人误国，其措辞慷慨激昂，连杨震读了都汗颜。但这番勇敢已无法挽回什么，接着就是下狱、论罪。杨震奋力营救，却火上浇油，原来的秋后问斩变成了斩立决。但赵腾是勇敢的，即使是人头落地的时候，一双虎目仍直直瞪着众贪官。

这段时间里，杨震闭门谢客，感慨自己不如赵腾。但这话传到了李闰等人的耳朵里，成为他们向汉安帝进谗、先发制人的把柄。此时的杨震还在整理李闰等人"挖国家墙脚"的材料，但已无力回天。汉安帝难得体现出他高效的一面，李闰等人进谗的当天晚上，即派八百里加急返京，传令撤掉杨震太尉一职，即刻遣返原籍。

不堪受辱饮恨自杀　　沉冤得雪名垂青史

杨震一家还在睡梦之中，就被如狼似虎的官差们强塞进马车，催命似的赶往老家。晨光熹微之时，他们已经走出洛阳地界，来到陕西华阴夕阳亭。据《后汉书》记载，行至夕阳亭，杨震迟疑良久，对身边的亲人和门生们说道："我死不足惜，但我蒙受皇恩身居高位，痛恨奸臣狡猾不能诛杀，厌恶女宠作乱不能禁止，还有什么脸面再见日月！我死以后，用杂木做棺材，布被单能盖住身体就行，不要归葬祖坟，也不要设灵堂祭祀，切不可铺张奢侈。"言罢，饮鸩而死。这一日，是延光三年（124年）三月十二日，杨震时年64岁。

在这样一个外戚宦官专权的时代，政治腐败，官场黑暗，杨震这样正派的官吏不但无法施展自己的抱负，而且往往受到无情的排挤和残酷的迫害，最终以悲剧告终。李闰、江京等宦官们害死杨震仍不罢休，又指使弘农太守移良派遣官吏在陕县扣留了杨震的灵柩，露棺道侧，几个儿子也被发配去做了驿兵，本就是文弱书生，再加上一些额外"照顾"，吃尽了苦头，"道路皆为陨泪"。①

正如老话儿说的，好人有好报。只等了一年零八个月杨震就沉冤得雪。汉安帝南下玩乐，偶感风寒，回京之后莫名其妙地死了。树倒猢狲散，李闰、江京等人很快被太子一网打尽，统统凌迟处死。后太子即位，也就是历史上的汉顺帝刘保。杨震的门生陈翼等人纷纷上书，力陈杨震冤案。汉顺帝闻之嗟叹不已，征召杨震的儿子做了郎官，以对待朝中重臣的礼仪，将杨震的遗骨改葬华阴县潼亭，还亲写祭文，称杨震"匡扶社稷，正直是与"。

据《后汉书》记载，杨震棺木下葬之日，有一只大鸟从天而降，在杨震灵前俯仰悲鸣，泪落如雨，血洒满地。汉顺帝有感于杨震的冤死，下诏对其事迹进行褒扬，并命令当地的官员用猪、羊二牲作为祭品，祭祀忠臣杨震。人们还请了能工巧匠塑一石鸟守护于碑前。东汉阳嘉元年（132年），汉顺帝下令在东泉店为杨震修建一座"育贤馆"，亲书"清德洁白"的匾额高悬其上。

历经风霜不改忠烈　　清白正义万古流芳

回顾杨震的一生，为人子，他是孝子。家道中落、年幼便承担起家庭重担的他，孝顺体贴，不忘一心向学、自强不息。为人师，他是良师，子承父业的他醉心教书育人，废除了繁文缛节，严谨治学，成就"关西孔子"之美誉。为人父，他是严父，生活朴素的杨震以"清白吏"传家，杨氏一门四世为相，清白家风历代相传，也是中国历史上一段佳话。

而他最可圈可点的还是为人臣的十余年岁月。50岁出仕，错过了中

---

① 《后汉书》，1767。

兴盛世，经历着世风日下；错过了明君赏识，经历着宦海浮沉。为人臣，他是能臣亦是剑客。他是"救火"能臣，一路风尘仆仆，从大将军府，到荆州，到东莱，再到涿州，七年的"地方锻炼"，每一次调任都是为了救火，每一次上任都能灭火。到中央任职后，杨震更是忠勇"剑客"，不仅诠释着清廉为官、忠心侍主，更以铮铮风骨亮剑浑浊汹涌的宦海暗流，亮剑沉重逼人的官威权势，亮剑盘根错节的贪腐同盟。仕途陷阱重重，无论是荒唐无能的昏君，只手遮天的权贵，还是机关算尽的小人，杨震都勇敢"亮剑"，强硬以对，决不妥协。

身处乱世，一路坎坎坷坷，一路跌跌撞撞，一路明枪暗箭，一路如履薄冰。但他赤胆忠心、洁身自好，处脂不染、情操肃然，历经风霜，他始终坚守，时刻不忘忧国忧民、忠君报国，虽因性格刚烈、敢于亮剑，招致腐败集团憎恨、饮恨自杀、蒙冤而死，但历史是公正的，最终还杨震一个清白。

时至今日，我们仍会为杨震饮恨自杀感到惋惜与痛心。自杀固然不可取，但他本就性格刚烈，乱世中的坚守已耗尽他所有耐心与隐忍。在当时"家天下""人治"的大环境里，"一朝天子一朝臣"的俗语向我们昭示着官员选任提拔多仰赖天子一人，荣华富贵往往朝不保夕。不得不承认，杨震一路升迁，与邓太后知人善任不无关联。汉安帝的昏庸无道，让他失去施展才华、亮剑腐败的舞台与坚强后盾。这样的变化，对杨震个人而言是"悲喜两重天"，但对整个国家而言，却是十足的灭顶之灾——既亡国又灭家。

纵是斗转星移，腐败的灾难性后果仍是不言自明。官场风清气正，方能河清海晏，这更是颠扑不破的真理。如今"打虎拍蝇"让百姓拍手称快的同时，我们也在不断探索和完善法治反腐的新路径和新机制，让腐败治理与预防走上更规范、更高效的法治之路。

古语有云，修身齐家治国平天下。正己正心、廉洁修身，乃齐家之始、治国之源、平天下之基。徜徉亘古，卷卷浩史之中总有股贪婪之浊流让我们恨之入骨,渺渺青史里也有阵阵廉洁之清风让我们刻骨铭心。杨震能以清正廉明而名重当时、誉传后代,不仅为官员们树立了清廉榜样,"清白吏"的家风更是穿越时空,为我们现代社会构建清廉家风提供了良好借鉴。以史为鉴,清白正义万古流芳,我们不得不感慨,做清官更是大智慧!

  时光穿梭千年历史,跨越璀璨星河,镜头拉回到杨震被免职赶出洛阳,回到陕西华阴夕阳亭的那个清晨。晨光熹微,薄雾还未散去,身心俱疲的杨震一定感觉这个早晨分外冷。跟孩子们说完自己早已准备好的遗言后,杨震端起毒酒一饮而尽。迷茫之中,杨震似乎看到了自己 15 岁那年拜别母亲前往洛阳求学的场景,还好,母亲大人,孩儿终究没有辜负您的期望,孩儿来陪您了!

(陈庆尧)

秦汉

肆无忌惮弄权威　飞扬跋扈肆意为
——东汉贪官梁冀

《后汉书·皇后纪》记载，东汉有十位幼帝，"外立者四帝"，这其中三帝为同一人所扶立，他便是东汉外戚政治生态怪圈中最为活跃的"跋扈将军"——梁冀。梁冀不仅因其行事作风飞扬跋扈而"臭名昭著"，更是东汉史上头号贪官。他利用大将军职权，广受贿赂，大肆搜刮民脂民膏。与其妻孙寿，更是展开"腐败竞赛"，夫妻二人穷奢极侈。梁冀虽非皇帝却胜似皇帝，富甲天下，拥封户万千，操控朝政，好不显赫！那么，今天就让我们一起走近这位飞扬跋扈的大将军，东汉史上的大贪官，用他起伏的人生，警醒后人。

华门梁氏声振海　鸢肩①公子气如虹

梁冀（？—159），字伯卓，东汉安定（今甘肃泾川）人，东汉时期外戚权臣，出身世家大族。梁冀高祖梁统，新莽离乱之际，曾被西北地方势力推为武威太守，拥兵保境。东汉建立，梁统望风归顺，汉光武帝刘秀待之为开国功臣，封梁统为高山侯，并将午阴公主下嫁给梁统之子梁松为妻。梁冀的父亲梁商官拜至大将军。汉顺帝11岁即位，便立梁商之女为皇后。梁商虽"以戚属居大位"，但是能礼贤下士，名声并不太坏，自身也极有才华，担得起大将军之名，但是在教育子女方面他就显得有

---

① 鸢（yuān），鸢肩指两肩上耸。

些不足了。由于梁商对梁冀的宠爱,使梁冀与其父大相径庭。南朝范晔《后汉书·宦者列传》记梁冀生平云:"初,梁冀两妹为顺、桓二帝皇后,冀代父商为大将军,再世权戚,威振天下。"①梁冀本人其实没有什么真才实学,更有记载说他长相凶恶,耸肩,竖目,两眼呆直,说话口齿不清,只是稍能写字、算账。但却性嗜酒、弹棋、格五、六博、蹴鞠、意钱、臂鹰、走狗、骋马、斗鸡,样样精通。据说他唯一正经的本事,不过是臂力过人,能拉强弓。②就这样一个少为贵戚、无才无德之辈,借助家族势力,初为黄门侍郎,转侍中、虎贲中郎将,越骑、步兵校尉,执金吾,③一步步走上人生巅峰。

汉顺帝死后,梁冀与其妹梁太后一道,先后立冲、质、桓三帝。冲帝即位时还只是个两岁的娃娃,不久便夭折了。梁冀复立8岁的质帝接替皇位。汉质帝虽年幼,却聪明伶俐,一直看不惯梁冀的所作所为。一次,质帝早朝时当着群臣的面,说梁冀:"此跋扈将军也。"④梁冀听后,气愤难耐,于是便让质帝身边的侍从毒杀了质帝。又立了15岁的汉桓帝刘志,梁太后临朝听政。当朝的几个儿皇帝,完全被梁冀玩弄于股掌之中,他实际上成了"太上皇",以外戚、大将军的身份,位列众臣之首,把持朝政近二十年。梁冀封邑多达三万,封邑内全部租税均归其所有,额外赏赐,更是不计其数。梁冀入朝,更是可以"入朝不趋,剑履上殿"⑤。

定罪积财聚万金　解送刻毛寄新兔

梁冀把持朝政后,利用自身权势,广受贿赂,来往送礼行贿者不绝

---

① 文意:梁冀的两个妹妹分别贵为汉顺帝、汉桓帝的皇后,梁冀承袭其父亲大将军的职位,很有权势。
② (南朝宋)范晔:《后汉书》,卷三十四《梁统列传》第二十四。綦(qí)。格五、六博分指古代棋类的两种。
③ 贲(bēn)。黄门侍郎、侍中、虎贲中郎将、越骑、步兵校尉、执金吾均为官职名。
④ (宋)司马光:《资治通鉴故事》,北京,华文出版社,2009。
⑤ 入朝堂不必走路,可佩剑上殿。

于门。他甚至创造"定罪赎身"法大肆搜刮，把全国的富贾巨户资产登记在册，而后巧立名目治罪，积聚的资财"合三十余万万"。《后汉书·梁统列传》曾记载这样一件事：扶风有个大财主，名叫士孙奋，家境富有，但生性吝啬。梁冀看上了他的财产，便以送马乘之名，要从他那借钱五千万。士孙奋知道，钱借给梁冀，定是肉包子打狗——有去无回，于是没有如数答应，只借给梁冀三千万。梁冀因而大怒，到郡县里告了士孙奋一状，诬告士孙奋老母亲原为看守梁家金库的女婢，偷白珠十斛①、紫金千斤后逃之夭夭。郡县于是收拷士孙奋兄弟，使二人双双冤死于狱中，士孙奋家一亿七千余万家产，全部归梁冀所有。

梁冀不但聚敛财富，而且还用搜刮、欺诈来的钱财大起第舍，大兴土木，连房洞户，柱壁雕镂，台阁周通，好不气派。相传，他曾在河南城西（今洛阳市西）修建一座兔苑，占地数十里，修缮楼观，数年才建成，专供富人权贵打兔消遣之用。同时，他还下令从全国各地征调各式各样的兔子送往兔苑饲养。为了防止兔子丢失或被人猎杀，特意将兔子身上剃掉一撮毛，以做标记，如有违者，罪至刑死。一个经商的胡人，不知兔苑禁令，误杀了一只兔子，不仅自己遭遇杀身之祸，而且"坐死者十余人"。梁冀的二弟曾私自遣人围猎兔子，冀闻而捕其宾客，一时杀死三十余人。这一切都说明梁冀目无法纪，行事无法无天，为求享乐，草菅人命。

车水马龙势升天　九卿六官皆望履

梁冀大权在握，梁氏家族"一人得道，鸡犬升天"，梁冀利用手中权力，将自己的家人、亲戚、朋友，不管有没有才干，都安排高位。书有云："永兴二年，冀封不疑子马为颍阴侯，胤子桃为城父侯。冀一门前后七封侯，

---

① 斛（hú），计量单位。

三皇后,六贵人,二大将军,夫人、女食邑称君者七人,尚公主者三人,其余卿、将、尹、校五十七人。"①

梁冀还将整个朝廷看作私产,名为刘家天下,实由梁氏家族统治。无论大小机密事情,梁氏一族都要参与其中,甚至皇宫里的人员安排、皇帝的一言一行,都在梁氏控制之下。梁冀在位二十多年,穷极满盛,威行内外,文武百官,莫敢违命,就连天子也是极其恭顺,不敢忤逆他的意思。因而,朝中和地方官员要加封升迁,都得先到梁冀那儿打通关节,好言厚礼相求。全国各地挑选的名贵贡品,通常是先送梁府,再送皇宫。梁冀家可谓"金玉珠玑,异方珍怪,充积臧室"②。故有记载"吏人赍货求官请罪者,道路相望。冀又遣客出塞,交通外国,广求异物"③。

梁冀的妻子孙寿也绝非善类,史书说孙寿色美而善为妖态,能够制服梁冀,梁冀既宠幸又忌惮她。孙寿手下也多奸佞不轨小人。在梁冀得势之时,一个叫宰宣的人,为讨好梁冀,给皇帝上书:"大将军有周公之功,则其妻宜为邑君。"皇帝年幼,又慑于梁冀权威,只得下诏封梁冀老婆孙寿为襄城君,和长公主一样待遇,年入五千万。就这样梁冀与其妻孙寿,梁、孙二族,仗着权势,无恶不作,贪得无厌,祸乱朝纲。

玉树歌残气焰终　共围冀第悲楼空

梁冀权大盖主,无法无天,不仅引起同僚不满,百姓愤怒,也惹恼了汉桓帝。等梁太后、梁皇后一死,桓帝刘志便向身边亲近的太监、时任小黄门史的黄衡打探朝中与梁家关系不好的有谁?黄衡点了因给梁家送礼不多,遭到梁家刁难或看不惯梁家作为的单超、左悺等人。于是桓

---

① 包恒新:《戒贪立廉史鉴》,220页,北京,华龄出版社,2007。颖(yīng)。
② 玑(jī),意为珠子。臧(zāng),本文臧通藏。
③ (南朝宋)范晔:《后汉书》,卷三十四《梁统列传》第二十四。赍(jī),拿东西送人之意。

帝就召集"五侯"宦官单超、左悺、具瑗、徐璜、唐衡"谋诛冀"。①因梁冀是大将军，手中握有兵权，桓帝便派了千余兵马，"共围冀第"，同时收监梁、孙宗亲，无论老少予以斩首。株连到公卿、列校、刺史等官员，死者数十人。梁冀夫妇在仓皇间被斩断"羽翼"，手足无措，见大势已去，"冀及妻寿即日皆自杀"。汉桓帝趁热打铁，罢免因梁、孙得势官员三百多人。一下子，整个朝廷都没有了官员。但是百姓莫不称庆，官府市里沸腾，数日乃定。

汉无名氏《甘瓜抱苦蒂》说："利旁有倚刀，贪人还自贼。"实在是说得一点都不错！梁冀死后，官府"收冀财货，县官斥卖，合三十余万万，以充王府，用减天下税租之半。散其苑囿，以业穷民"。就这样，风光无限的"跋扈将军"结束了他浮华的一生。可惜的是，这次宫廷内部的"打老虎"，不过是外戚与宦官两股势力斗争的"残果"，弹冠相庆也不过是过眼烟云，外戚擅权不久便被宦官干政所替代。东汉政权虚弱的肌体内，"以毒攻毒"之疗法很快就显现出了难以消除的副作用，宦官当道最终将东汉王朝推向了毁灭。

当时飞去逐彩云　化作今日京华春②

唐朝"鬼才"诗人李贺的一首《荣华乐》（一作《东洛梁家谣》）把梁冀一家用长诗做了高度的概括与凝练。"气如虹霓，饮如建瓴，走马夜归叫严更。径穿复道游椒房，龙裘金玦杂花光……马如飞，人如水，九卿六官皆望履……金蟾呀呀兰烛香，军装武妓声琅珰。"梁冀之所以肆无忌惮，气势升天，分析起来有下面几个原因：一是梁冀本性绝非良人，善弄权，好贪财。朝廷给梁冀的封地达到四个县，受封户数达三万，但

---

① 悺（guàn）。单超、左悺、具瑗、徐璜、唐衡是五名不满梁冀的宦官，因为帮助汉桓帝除掉了梁家的庞大势力，被桓帝同日封侯，故称"五侯"。
② （清）曹寅、彭定求等：《全唐诗》卷三百九十三。李贺：《荣华乐》。

他仍然无知足之意。二是梁冀虽然个人能力较差,资质一般,但家族势力雄厚,只手遮天,显赫的身份使周围人敢怒不敢言。三是梁冀身边多趋炎附势之辈,其妻孙寿也非善类,作为梁冀妻子,没有起到"贤内助"作用,反而与其沆瀣一气,共同贪腐。与梁冀交好的也都是些蝇营狗苟之辈,阿谀奉承,唯恐天下不乱。这样一群人,聚在一起,没有忠言逆耳,梁冀岂会不贪。四是这一切的源头还要归结于东汉王朝的脆弱统治。皇帝年幼,手中无实权,太后临朝听政,仓促间走上政治舞台的孤儿寡母,只能依靠女方的一众娘家人,造成外戚乱权之局。这一切暴露了封建王朝"人治"的弊病。无知无权的幼帝,如何能管控"跋扈将军"的私欲。但是,炙手可热的权威、奢侈淫靡的生活、富贵荣华的光景,梁冀也不过落得个自杀身亡、宗族殒灭的下场,终究尘归尘,土归土。

历史的车轮滚滚前行,"当时飞去逐彩云,化作今日京华春"。时至今日,仍有"跋扈将军"以身试法。2016年7月25日,中央军委原副主席郭伯雄因犯受贿罪,一审被判处无期徒刑,剥夺政治权利终身,没收个人全部财产,剥夺上将军衔。郭伯雄19岁入伍从军,历经41年军旅生涯,最终成为军界"大佬",更像是现代版的"跋扈将军"。他的妻子何某的身份特殊,军级以上干部想升职都通过何某递钱给他。郭伯雄的儿子,身上贴着"最年轻少将之一"标签,不思进取,飞扬跋扈。郭家儿媳借助郭家的威名在军事设施、军事用地方面,狐假虎威,为非作歹。女儿女婿更是染指军队采购生意。郭伯雄庇护下的"郭家军"纷纷被提拔重用。但是,军内不允许有特殊存在,法治之下也绝不会有免罪的"丹书铁券"。郭伯雄和他的"郭家军"终因贪污受贿巨额财产,受到应有的制裁、法律的惩罚。

借古思今鸣警钟　防微杜渐换功名

古也好,今也罢,一朝贪腐终将落得凄惨下场。梁冀宗族尽灭,"郭家军"命运浮沉。费尽心机搜刮来的民脂民膏、钱财器物不过是过眼云烟，权势财富顷刻间灰飞烟灭，只为自己留下万世骂名。

梁冀的平生使我们借古思今：一是腐败者的公开炫耀造势，往往起到让趋炎附势者趋之若鹜的"广告效应"，如此陷入恶性循环，势必祸乱世事。为官者不可嚣张狂妄，要学会时刻约束自身，提升修养，否则必将像梁冀之流被国法严惩，被历史唾弃。二是家风影响至关重要。据《后汉书·梁统列传》记载，梁冀的父亲梁商也曾责骂梁冀恶劣行为，但终因宠溺未奏效。梁冀夫妻间"腐败竞赛"终招大祸，可见夫妻之间要常吹廉政"枕边风"，妻子要做好"贤内助"。三是要铁腕治腐。汉朝并非对腐败全然无视。朝廷曾试图通过考课制度防止腐败行为，考核结果与官吏的奖惩直接相关。汉设监察官，通过刺史制度肃清吏治，也成为延续后世的经验。东汉开国后，还着意提高俸禄以养廉。同时，汉朝对贪污、受贿罪惩罚也很严厉。尤其秦汉时期将贪污受贿列入《盗律》，规定贪污十金即十万钱以上者为重罪，处以死刑。汉代吏"坐赃，终身捐弃"[①]，即永不任用，甚至其子孙也不得为官。但是，再严厉的规定也抵不住皇权专制。皇权独尊引发假借皇权所产生的权力腐败，重臣擅权势必掀起腐败的狂澜。

时至今日，梁冀的目无王法，似乎在告诫我们，告诫每一名公职人员，在中央反腐的高压态势下，在依法治国的大环境、大背景下，要做到廉洁从政，约束自己，劝勉亲人，善修德行，心存敬畏，头顶法纪高压线，脚踩道德底线，编织周围廉洁红线，始终保持自律廉洁。对于那些有腐败苗头的公职人员，用梁冀、郭伯雄之辈的经历警醒告诫他们，"不怕念起，只怕觉迟"，心中时刻敲警钟，悬崖勒马犹未迟。

（吕宏伟）

---

① （南朝宋）范晔：《后汉书》，卷二十七《郑均传》。

秦汉时期贪廉小故事链接

杨恽轻财好义

杨恽,字子幼,西汉华阴(今属陕西)人。其父杨敞曾两任汉宣帝时丞相,其母司马英是著名史学家兼文学家司马迁的女儿。杨恽是当时著名的士大夫,廉洁、公正,任职时整顿吏治,杜绝行贿。他一身正气,敢于冒死在皇帝面前揭发他人。他轻财好义,把上千万财物分给别人,从小在朝中就有很大的名气。据《汉书·杨恽传》载,杨恽母亲司马英去世后,其父杨敞为之娶一后母,后母无子,杨恽侍之如亲娘,孝敬有加。其后,后母去世,留下财产数百万。临终前,他的后母叮嘱由杨恽继承财产,但是后母去世后,杨恽没有将这笔财产据为己有,而是将这大笔财产分给后母的几位兄弟。父亲杨敞去世后,杨恽本人从父亲那里继承了五百万的财物,为官清廉、经济状况并不好的杨恽却将其全部用来救济那些宗亲。

(田秀娟)

王温舒以酷行贪

王温舒,西汉阳陵(今陕西咸阳市东)人。年轻时就游手好闲,不务正业,还有好杀行威的暴虐性格。后来他当了小吏,因为善于处理案件慢慢升为御史。王温舒有两副面孔,一副是"酷"。在无权无势者面前,他如狼似虎,酷虐非常。另一副面孔就是"谄"。在权贵面前,他以谄行贪。他的手段不外是贪污和纳贿两种。就其贪污而言，主要是贪污被籍没财产。正因为他掌握着生杀予夺大权，以权换钱也就有了雄厚的资本，加上他以暴虐酷杀著称，更使他在这些权钱交易中处于优势地位。一些豪强地主虽无权无势，却有的是钱，更何况生死紧要关头花钱买命，即使倾家荡产也在所不惜。于是他们大行其贿，以求脱祸。正所谓多行不义必自毙，最终王温舒落得个被诛灭五族的下场。

（田秀娟）

孔奋单车离任

孔奋，字君鱼，生卒年不详，扶风郡茂陵县人，东汉名臣。其曾祖孔霸，在汉元帝时任侍中。王莽之乱时，孔奋与老母亲避祸于河西地区，被河西将军窦融邀请担任自己官署的议曹掾、姑臧县官，后又担任武都郡丞、武都郡太守等，赐爵位为关内侯。孔奋廉洁自律，奖善惩恶，爱憎分明，为政清平，深得百姓敬重。东汉建武五年，孔奋任姑臧县官。姑臧因与羌胡通商，是个富县，以前到姑臧当县官的，不到几个月，就能积聚很多财富。而孔奋任职四年，财产毫无增加，因他身处膏腴之地却不以财自润，甚至被众人嘲笑，但他坚守节操，不改初心。离任时，河西官员装载财物的车辆充斥道路，只有孔奋毫无资财，单车上路。当地百姓为报恩，聚集追赠财物千万以上，孔奋却道谢而一无所受。

（吕宏伟）

淳于长巨万暴发

淳于长，字子鸿，西汉魏郡元城人，其父族虽无权势，但母族十分显赫，其姨娘王政君，是汉元帝刘奭的皇后。西汉当时的社会风气是地方官要升迁，需要有人在皇帝面前美言和引荐，所有这一切，非皇帝的近身宠臣所不能，而淳于长正具备这样得天独厚的条件。故此，淳于长把自己的权势视为待价而沽的"奇货",你给多少贿赂,我就给你多少消息,办多少事情。一些诸侯和地方官员为了各自目的,大肆贿赂淳于长。淳于长是来者不拒,所以,短短一两年时间里,光是地方官的贿赂加上皇帝的赏赐,淳于长就数累"巨万",淳于长顿时成了因收受贿赂而起家的"暴发户"。

(吕宏伟)

三国两晋南北朝

三国两晋南北朝时期吏治特点

黄巾起义使东汉灭亡，魏、蜀、吴三足鼎立，后曹魏战胜刘蜀，司马炎夺魏平吴，建西晋。"八王之乱"，灭西晋建东晋。东晋后又被宋、齐、梁、陈取代，史称"南朝"。灭西晋的北方少数民族拓跋氏建北魏，后分东魏、西魏，不久被北齐、北周取而代之，史称"北朝"。政权频繁交替变换，使这一时期律法、政治思想活跃，各色人物频繁登场。这一时期的贪廉人物也是多方登场，极具特点。

三国两晋南北朝时期的清官，是为时代的特例，在封建王朝动荡不安、分裂割据的情况下，在人人崇尚享乐的时代背景下，大批有识之士依然坚守"清廉"品质。这些人大智若愚，不随波逐流，忠孝廉义，自幼受忠君、爱国、爱民家风熏陶，不仅廉政，而且勤政、精政，在任何官位上均能操纵自如，做出业绩与成绩。这一时期清官典型人物主要有：鲁芝、胡威、杜轸、窦允、曹摅、潘京、范晷、丁绍、乔智明、邓攸、吴隐之、王镇之、杜慧度、徐豁、陆徽、阮长之、江秉之、王歆之、傅琰、虞愿、刘怀慰、沈宪、李圭之、孔琇之、庾荜、沈瑀、范述曾、丘仲孚、孙谦、伏暅、何远、张恂、鹿生、张应、宋世景、路邕、阎庆胤、裴佗、羊敦、苏淑、张书原、宋世良、郎基、房豹、路去病、辛毗、诸葛亮、胡质（胡威父亲）、傅咸、孙谦、苏琼、赵轨、公孙景茂、辛公义、张华、李憙、卢钦、李胤、王祥、郑冲、羊祜、杜预、山涛、王沈、魏舒、徐勉、卞壶等。

这一时期由于政治不稳定、吏治混乱，贪污受贿等腐败事件成为司空见惯的现象。自然经济基础上滋生的地主豪强、与皇室分庭抗礼的世家大族及少数民族政权的部落贵族与腐败密切相关，这些官员"识时务者为俊杰"，背弃"大丈夫有所为有所不为"的信念，随波逐流，自觉滑入贪腐深渊。这一时期越接近上层的官员，贪腐行为越突出，尤其是皇亲国戚的贪腐，更达到令人发指的程度，他们崇尚及时享乐，沉醉于纸醉金迷的生活，以斗富为荣，以浮华为本。这一时期贪官典型人物主要有：许攸、曹爽、黄皓、石崇、王戎、王敦、王述、谢石、王国宝、司马道子、桓玄、殷仲文、王镇恶、庾炳之、颜师伯、戴法兴、吴喜、阮佃夫、茹法亮、綦母珍之、刘悛、曹虎、邓元起、萧宏、朱异、候安都、蔡景历、陈方泰、江总、公孙轨、元禧、赵脩、元脩义、元晖、刘腾、元叉、元琛、元雍、李崇、孙腾、高隆之、司马子如、尉景、和士开、祖珽、冯子琮、段孝言、高阿那弘、宇文护等。

三国两晋南北朝时期贪廉特点的形成，主要缘于以下几点：

从皇帝执政风格讲，三国时期曹操大胆选拔和任用人才，整饬吏治，招致地方豪强和世家大族强烈不满，曹丕创立九品中正制，培育士族势力，以致曹睿统治时期，奢靡之风盛行，政治日趋腐败；孙吴政权的孙策、孙权，蜀汉朝廷的诸葛亮都十分注重整治吏治，大力倡导廉政，但是后世都没能延续其做法，政治腐败不堪。两晋重在维护和调节各世家大族的利益，皇帝纵容朝廷权贵贪腐斗富，官场贪腐之风弥漫。宋、齐、梁、陈均经历了前廉后腐的过程。十六国时期是少数民族割据时期，后赵、前燕与前秦均在吏治建设上做出了努力，但成效不突出；北魏皇帝都曾下诏限制官员的搜刮，但效果不佳。北魏孝文帝严肃查处了一批腐败官员，但孝文帝去世后，北魏政治逐渐动荡，日趋腐化。北齐一直较为腐败，但是北周统治者却大多节俭勤奋，导致国力不断增强，为隋朝统一奠定了基础。

从廉政和腐败惩罚制度建设讲，魏晋南北朝时期，《曹魏律》《晋律》及《北魏律》在中国法制史上均占重要地位。《曹魏律》中，有不少整顿吏治的法律，《请赇律》和《偿赃律》重点整顿吏治；《州郡令》

检查地方官员是否称职和惩罚其违规行为；《尚书官令》则针对朝廷官员，主要督责官员的作为。《晋律》中，惩治腐败的律令内容有所强化，不仅保留了《魏律》中的《请赇律》，而且增设《违制律》，使整顿吏治的观念不仅限于惩治贪污受贿，而且要求各级官吏严格按照制度办事，不得违反礼制，更不得假公济私。北魏和北齐刑律中对犯私罪惩罚更重，一般对于贪赃枉法、行贿受贿、监守自盗等行为均处死刑。魏晋南北朝时期，监察制度中的廉政措施主要表现在监察机构逐步走上了独立发展的道路，御史台的规模逐渐扩大，使国家对各级官吏的控制力大增。官吏考课制度比秦汉更完善，产生了专门负责考课官吏的职能部门，并加强了监察官员对各级考课的监督。

从统治社会的主导思想讲，尽管三国魏晋南北朝时期中国文化发展趋于复杂，但儒学并没有中断，而是有较大发展。魏晋南北朝时期部分知识分子不满意把儒学凝固化、教条化和神学化，提出有无、体用、本末等概念来论证儒家名教的合理性。此时期虽然出现儒佛之争，但儒学始终处于正统地位，佛、道二教不得不向儒家宗法伦理作认同，逐渐形成以儒学为核心的三教合流的趋势。南北朝时期，由于佛教的急剧膨胀，使原来儒、玄、佛、道的相互关系及其历史格局发生新的变化。玄学思潮归于沉寂，佛、道二教继续发展。佛教大量译经广泛流行，渗透到政治、经济、社会、民俗及文化的各个层面，儒学面临挑战。儒家学者在思想、文化上的批评焦点，由老庄玄学转向佛教，出现了大批反佛思想家。

从社会风气讲，三国两晋南北朝时期是充满忧患的痛苦动乱时代，政权更迭频繁、政治迫害残酷，上至帝王大臣，下至平民百姓，均生活在死亡的阴影和战乱的恐惧之下，人们常常感到人生无常、生命短促。大多数人在残酷的社会现实面前，普遍感到人生如梦，崇尚及时行乐、游戏人生。

从官场习气讲，大体而言，三国的魏、蜀两国的前期，北魏的中期，西魏、北周以及陈朝的初期，政治比较清明，惩治腐败也较为严厉，其他时期则姑息纵容腐败现象居多。从整个时期来说，三国两晋南北朝时期的官场以贪腐居多，清廉为少。

（杨同柱）

吴隐酌水以励精　晋代良能此为最
——东晋清官吴隐之

唐太宗李世民曾犀利地指出东晋时期的官场现象："政出多门，争权夺利成风，莅职者为身择利，铨综者为人择官。"此外东晋一位官员熊远在其奏章里也描写过当时的士族风气："当今的官场把处理公务当成庸俗，把恪守法律当成苛刻，把待人有礼当成谄谀，把游手好闲当成高妙，把放荡无行当成通达，把傲慢无礼当成风雅。"在这样一个官员无所作为，贪官却又横行的污浊尘世里，有这样一个人仿若一股从山间淙淙而来的清流缓缓地沁润着世人那早已疲惫而迷惘的心灵。他，便是晋代第一良吏——吴隐之。

出身"寒素"志存高远　饱读诗书"儒雅"显世

吴隐之（？—414），字处默，东晋濮阳鄄城人。其六世祖吴质才学通博，历仕曹魏文帝、明帝两朝，官至侍中，爵封列侯。此后，吴氏家族日渐衰落，至其父吴坚时，已经没有什么功名了，因而史书上称吴隐之为"寒素"。年轻的吴隐之不仅容貌昳丽，且善于谈论，广泛涉猎文史，更难能可贵的是小小年纪就拥有着孤高独立、操守清廉的品格，虽然家中积蓄了无，但他绝不拿取不合道义而来的东西。若清苦的生活还能忍受，那么年幼便与至亲阴阳永相隔的痛楚则是如梦魇般萦绕左右。在吴隐之10来岁时，作为顶梁柱的父亲因病去世，孤儿寡母相依为命，"屋漏偏逢连夜雨，船破又遇顶头风"，老天爷似乎要故意与年幼的吴隐之作对，没过几年母亲又离他而去。他悲痛万分，每天以泪洗面，行人皆为之动容。当时韩康伯①是他的邻居，韩康伯之母每每听到吴隐之的哭声也是悲泣不已，也许是被吴隐之的孝道及善良所感动，她常常对康伯说："你若是当了官，就应当推荐像他那样的人。"庆幸的是，凄楚的生活、不幸的遭遇并没有使吴隐之沉沦与屈服，他努力上进，勤学好问，饱读诗书，在二十几岁就获得了"儒雅"之士的美名。后在韩康伯的举荐下，他一出仕就担任辅国将军功曹，后又调任征虏将军参军事。吴隐之的才能也深得桓温的赏识，在其举荐下吴隐之又任奉朝请、尚书郎等职。此可谓是吴隐之"春风得意"之时。

卖狗嫁女广为传扬　清廉乐善妻自负薪

　　吴隐之升任尚书郎之后被谢石②亲点过去做主簿，主簿无非是主管文书的幕僚，但在当时的晋朝主簿常参机要，总领府事，时人曰"三十年看儒书不如一诣习主簿"。此为主簿权势最盛之时。其时谢石声誉渐隆，可谓炙手可热，且谢家十分富有，吴隐之在其手下工作，俸禄定当不菲。即便吴隐之的俸禄不多，但他只要运用自己的地位和影响，定能捞上一把。然而吴隐之却一直坚持自我，简素如常，家里可以说是一贫如洗。谢石了解他部下的困难，此时正值吴女出嫁，"遣女必当率薄"，谢石便吩咐使者前去吴家帮忙，置办所需物品。使者到了吴隐之家，只见冷清异常，毫无办喜事的氛围，唯见婢女牵了一只狗说是要去集市上卖。原来吴隐之家竟要靠卖狗的钱来做女儿的嫁资！

　　后吴隐之又升任晋陵（今江苏常州市）太守。太守是一郡的最高行政军事长官，俸禄并不低。加之当时的晋陵地近京师，政府还在此地设

---

① 韩伯，字康伯，颍川长社（今河南长葛西）人，东晋玄学家、训诂学家。
② 谢石（327—388），东晋将领，字石奴，谢安六弟。

置了十几个郡县来安置从北方迁来的"侨民"，这种南北混杂、紊乱无纪的状况对于一些人来说绝对是一个搜刮民脂民膏的绝佳机会，但吴隐之依旧不忘初心，勤俭节约，过着清贫简朴的生活。据说当时的百姓经常看到一位衣着朴素的农妇从太守家出来，傍晚时分这位农妇又背着满满一背篓的柴回到太守家中，大家都以为这位农妇是太守家里的婢女，却不曾料到她正是太守的夫人刘氏。在当时门第观念非常严重的晋朝，一个太守夫人亲自上山砍柴可以说是不可想象的。我们可以想见吴隐之和他的夫人将他人的指指点点抛在了耳后，毕竟日子是自己过的，其他人有什么理由与资格去评头论足呢？问心无愧就好！这也符合吴隐之的为人处世之道。

晋陵任满后，吴隐之又回到了都城建康，官运也一路亨通，升到御史中丞、左卫将军。此时的东晋王朝风雨飘摇，外敌入侵动乱迭起，而达官贵人或在灯红酒绿的生活中醉生梦死，或狼狈为奸争权夺势。在这污秽不堪的官场中吴隐之依旧固执地"我行我素"，"勤苦同于贫庶"。身居高位的他不但穿着陈旧，而且经常自己拆洗衣服。有一年冬天天寒地冻，吴隐之没有换洗的衣服，他只好披着棉絮耐心等待衣服被烘干。清廉自守的吴隐之还是一位乐善好施的大善人，他将自己的俸禄悉数分给了自己的亲族。"饭蔬食，饮水，曲肱而枕之，乐在其中矣。不义而富且贵，于我如浮云"，① 这正是吴隐之为官的真实写照。

豪饮"贪泉"恪守清操　怒掷沉香以示廉白

元兴元年（402 年），久负清名的吴隐之被派往广州担任刺史，朝廷也希望他能用清正廉洁的声誉革岭南之弊。据史书记载，当时的广州

---

① 出自《论语·述而》。译文：吃粗粮，喝冷水，弯着胳膊当枕头，乐趣也就在其中了。用不正当的手段得来的富贵，对于我来讲就像天上的浮云一样。

辖境相当于今天广东、广西两省区的大部分地区,而州治所在的南海番禺,自东汉以来,一直是我国重要的海上贸易中心。来自南洋、天竺、波斯等国的商船一年数次带来远方的珍异,前后出任广州刺史的官员,没有不发横财的,所以历来有"广州刺史但经城门一过,便得三千万"的说法。①一接到任命的吴隐之便携带家眷前往广州。在路途中吴隐之听到这样一个传闻:在广州郊外二十里处石门镇有一股涌泉,据说该泉清澈见底,且口感香甜。相传西晋时期,广州官场贪污腐败成风,为整顿官场风气朝廷遂派一向以清廉著称的周清廉到广州担任刺史,希望他能以身作则,扭转不良风气。周清廉受命来到广州后,一开始确实严于律己。一次偶然的机会,他喝了石门镇的这口泉水,顿觉香甜四溢,久久不能忘怀,遂派人天天到此打水饮用。不曾料想到的是三年任期满后,周清廉竟也变成了一个人人喊打的巨贪。在受到查处后,当地的百姓就将他曾经饮用的这口泉水唤作"贪泉",传闻说凡是喝了这"贪泉"之人必产生无尽的贪心、贪欲。以至于后来凡是经过此泉水的官员都不敢有稍刻停留,以示自己的清正廉洁。此时正好途经石门的吴隐之听说这里有口"贪泉",喝了此水会令人生贪心,吴隐之不似以往的官员绕道而走,而是特地赶往泉水所在之处,很感慨地对同行的人说:"过了岭南而丧失清白,无非是自己有贪欲。不被私欲驱使,心绪就不会错乱。"说完他便走到水边,一面酌泉而饮,一面赋诗咏怀说:"古人云此水,一歃怀千金。试使夷齐饮,终当不易心。"吴隐之深刻地指出有些人贪腐的原因在于心智不坚,见利忘义,但世间依然有像伯夷、叔齐那样高尚有气节的人,纵使饮了贪泉也始终不会改变他们纯洁的心灵,以此表达了他以前人为榜样,坚持自律、不易节操的坚定立场。在广州担任刺史的三年时间,吴隐之也时时刻刻践行着他在"贪泉"边的誓言。生活中吃的不过是一些蔬菜和干鱼,还将前任太守的帷帐、用具等贵重物品归入国库。当时有些人认

---

① 汪福宝:《但把贪泉不渝清操》,载《正气》,1998(4)。

为他是故弄玄虚，没想到吴隐之直至离开广州都没忘记自己当初的承诺和信条。这样一位清廉的良吏果然使污秽不堪的广州官场风气焕然一新，当地的百姓无不对这位清官拍手称赞！宋代古成之作诗《贪泉》云："贤良知足辱，为尔戒贪名。一酌不能惑，千年依旧清。"这是对吴隐之饮"贪泉"而不贪最好的诠释与赞美。

在广州的三年时光转瞬即逝，吴隐之在回程的船上站在船头回望他待了三年的土地，他也终于不负圣望可以满意地离开广州了。岂不料，就在此时，猛然间天昏地暗，狂风骤起，江中恶浪翻滚，船只随时有倾覆的危险，吴隐之自问并没有劣行，何能引得老天爷如此动怒？遂询问亲人是否有收受不义之财，其妻答曰"受领沉香木一斤"，吴隐之大怒，命令夫人赶紧将这不义之财沉入江中，切不可毁了自己一世的清誉。说来奇怪，当沉香木抛进江中后，江面顿时浪息风偃，所乘之船得以重新扬帆顺行。这其中可能有后人加工的成分，但不取不义之财却是吴隐之的人生信条。

晋代良能隐之为最　清廉品行久久为功

吴隐之回到都城后依旧过着简朴如初的生活，他们一大家子人共同居住在一个小宅院中，篱笆与院墙又矮又窄，内外共有六间茅屋，住起人来拥挤不堪。朝廷要赐予他车马并扩充家里宅院面积都被他一一拒绝。后来他被调任中领军，清廉俭朴之风不改，每月初得到俸禄，只留下自己的口粮，其余都分别赈济亲戚、族人，而家中人却要靠自己纺织以供家用。吴隐之家有时两天吃一天的粮食，家里人身上也总是穿布制的衣服，而且破旧不堪。晋安帝义熙八年（412年），吴隐之以年老请求退休，朝廷颁下诏书予以同意，授予他光禄大夫，加金章紫绶，赐给钱十万，米三百斛。一年后，吴隐之去世，追赠他为左光禄大夫，加散骑常侍。回顾吴隐之为官的四十余年，他可以说是真真切切做到了"两袖清风"这四个字。无数的黎民百姓为之树碑，官修史书为之立传，《晋书·吴隐之传》评价他道："吴隐酌水以励精，晋代良能，此焉为最。"

吴隐之清廉自律的品格也时刻影响着他的子孙后代。大儿子吴旷之为国战死沙场，二儿子吴延之任鄱阳太守，延之的弟弟以及儿子也均担任过郡、县长官，他们常以廉洁谨慎作为家门传承，纵然他们的才学比不上吴隐之，但他们仍保持着孝敬友爱、廉洁恭顺的作风。"门如市，心如水，一尘不染"，吴隐之及其后人身在纷繁复杂，充斥着情欲、物欲的官场却没有一丝杂念，这令无数的文人志士、平凡百姓为之动容，也令欲望满身的奸臣污吏自惭形秽。

可欲之地不易初心　纯粹做人家风世长

威严不移其位，重利不变其心，处可欲之地而不易其操，清者自清，贪者自贪。是贪、是廉最终还是取决于人本身的操守。自古以来如吴隐之这般的清廉之士可以说是大有人在，不管面对怎样的诱惑或糖衣炮弹他们都能做到眼不红、心不动。因为根深，狂风拔不起；因为心正，污邪攻不破。"珍重平生清节在，不妨引满酌贪泉"，只要有吴隐之一样的决心，喝了这"贪泉"又何妨？然而随着改革开放之风刮向神州大地，一批批党和国家的干部也让这阵风吹迷了眼。

2017年1月3日至1月5日央视一部名为《打铁还需自身硬》的反映纪检队伍贪污腐化风气的3集专题片在广大人民群众中引起热议。片中的落马纪检干部几乎人人都悲伤掩面、痛哭流涕。他们对自己违纪违法行为和思想蜕变过程的剖析引人深思。贪如水，不遏则滔天；欲如火，不遏则燎原。说到底，这些人最终走上这条不归路最主要的原因还是在于在物质诱惑面前思想不够坚定与纯粹。许许多多的官员为了私心、私利铤而走险，最后跌入深渊粉身碎骨。

在这社会飞速发展、物质极大丰富的时代，我们更需像吴隐之这样的纯粹之人，以身作则，拂去众人眼前的迷雾，指引浮躁不安的心灵。

记得毛主席在《纪念白求恩》中写道："我们大家要学习他毫无自私自利之心的精神。从这点出发，就可以变为大有利于人民的人。一个人能力有大小，但只要有这点精神，就是一个高尚的人，一个纯粹的人，一个有道德的人，一个脱离了低级趣味的人，一个有益于人民的人。"

所以纯粹的人总是做着最纯粹的事，只要无杂念，再多的诱惑也只是一阵细小的微风，定不能刮倒一棵根深本固的参天大树！

吴隐之一生为官清廉，是当今官员的一面镜子，任何妖魔鬼怪腐化分子都将在其面前原形毕露。廉如莲，出淤泥而不染，清白为民心；洁同节，凌狂风岂可折，正直忠天下。

（向琳玉）

纸醉金迷浮华堕落　为财而亡咎由自取
　　　　　　　　　　——西晋贪官石崇

　　西晋时期门阀制度盛行，不是凭着个人的才华与德行选官，而是按照门第的高低选官定职，权力也可以世袭，因此官僚阶层几乎是由士族门阀出身的官僚组成。尤其是在晋武帝司马炎坐稳帝位之后，开始居功自满，生活上骄奢淫逸，整天饮酒作乐，挥霍无度，大臣们上行下效，以奢侈为荣。生活在该时期的石崇当属千年史话中最典型的五毒俱全的大贪。

　　石崇（249—300），字季伦，西晋开国元勋石苞第六子。石崇少年时便敏捷聪慧，有勇有谋，深得其父石苞的器重与宠爱。公元273年，石崇之父石苞临终时将财物分给几个儿子，唯独不分给石崇。石崇的母亲对此大感不解，为儿子向石苞请求，石苞说："尽管这孩子年纪小，但以后他是能自己得到财富的。"历史印证了石苞的预言，石崇无耻地将他的聪明才智和巧取豪夺相结合，在短时间内积累了大量的财富，成为众兄弟中最为富有之人。

初入官场才能显　锋芒毕露获帝赞

　　石崇进入官场得益于西晋门阀制度的盛行，这种背景下，权力的世袭成为入仕的必然。得益于石苞的显著功勋及高官厚禄，石崇很顺利地进入官场，成为统治阶级的一员。石崇做官以后，深谙官场之道，虽然身为功臣之子，但他也深深明白祖宗的庇佑只能一时，要想在仕途上爬得更高、走得更远，必须要靠自己不断往上升迁。石崇充分发挥自身聪明才智，为人精明圆滑，准确猜度皇帝心理，获得了晋武帝的宠信，仕途上自然凯歌高奏，一路绿灯。二十岁时石崇就被任命为修武县令，收获了朝野上下一片称赞，成为那个时代的"有为青年"。掌权者的肯定与自身的才华一结合，迸发出来的火花自然不可低估。石崇历任散骑常侍、城阳太守、南中侍郎、荆州刺史、岭南蛮校尉加鹰扬将军等职，后又因讨伐东吴有功，被封安阳乡侯。

贪得无厌把财敛　巧取豪夺世人叹

　　在仕途上越走越顺的石崇，逐渐将国家百姓全部抛于脑后，地位权势、金钱财富、香车宝马、高官美妾成为他心中唯一的价值追求。每天他都在绞尽脑汁思索如何搜刮民脂民膏，聚敛钱财。如果将石崇的一生比作一部发家致富史，那他担任荆州刺史的那段时间必然要留下又黑又厚的一笔。荆州自古是水陆交通要道，其位置相当于今天的湖南、湖北两省及河南南部，贵州、广东、广西的部分地区。这里气候条件优越，地域广阔，物产丰富，商贾云集。广袤的管辖区域及丰富的物产为石崇聚敛财富提供了得天独厚的条件，他在担任荆州刺史期间，为满足个人物质私欲，竟指示手下的士兵化装成匪盗，抢劫来往富商的财物，甚至连向朝廷进贡的外国使节也不放过。在这种情况之下，他管辖下的百姓每天都生活在水深火热当中。对待普通百姓，石崇下手之狠更让人咋舌。他巧立名目，重税盘剥，榨取百姓血汗钱。石崇在担任荆州刺史期间，几乎将所有的磨坊据为己有，这样百姓要把糙米舂成白米，必须得使用他家的磨坊，同时还要交高额的舂税，当地百姓苦不堪言。长此以往，石崇积累了大量的财富。石崇生活在一个重农轻商的时代，在当时商人的地位十分低下，石崇深谙世道，对于富商为生存寻求官府充当保护伞的心理了如指掌。在荆州这样一个商贾云集的地区，这样的发财机会石崇自然不会让其从手中溜走。自上任之日起，他便将自家大门打开，大小商人自然络绎不绝，石崇当然是来者不拒，照单全收。除此之外，石崇更令下属收集辖区内所有富商的情况，然后以各种理由对他们进行盘剥。最为典型的是有一次，石崇得知江夏郡有一个富商十分富有，于是他恬不知耻地亲自上门，直言不讳说自己最近手头紧，并且一开口就索要银钱三千万。富商人在屋檐下不得不低头，乖乖将钱拱手送上。针对一些不买他账的富商，石崇便寻找市井无赖，到这些商人店铺中强取豪夺，商人有怨难申，只能任其盘剥。最终，荆州乌烟瘴气，人人自危。欲壑难填的石崇，用这些卑鄙的手段在短时间内积聚了大量的财富，其手段之卑劣、盘剥之苛酷不仅让当时的百姓深恶痛绝，也让后世触目惊心。然而石崇的所作所为并非天衣无缝，只是统治者在名门豪族支持和普通民众利益之间博弈时，为了稳固其统治，选择睁一只眼闭一只眼而已。

王石斗富世人惊　　生活奢靡留罪证

石崇无尽的贪欲、奢华的生活早已经被记载于历史之中，而令人耳熟能详的就是他与晋武帝的舅父王恺斗富的故事，这也是西晋王朝统治者生活骄奢淫逸的一个缩影。①

据史料记载，王恺作为晋武帝司马炎的舅父，通过裙带关系贪污受贿积累下万贯家财，因官职及社会地位均高于石崇，在听到石崇的奢华生活后内心不忿，誓要将石崇比下去，石崇自然不愿落后，欣然应战，两人之间斗富的大戏悄然拉开帷幕。王恺饭后用糖水洗锅，石崇便用蜡烛当柴烧；王恺做了四十里的紫丝布步障，石崇便做五十里的锦步障；王恺用赤石脂涂墙壁，石崇便用花椒。晋武帝听闻王石斗富的故事后，不但不为自己臣子奢靡的生活发怒，反而乐于观此大戏，并暗中帮助王恺，

---

① 崔瑛、吕伟俊主编：《贪官诫——中国历代贪官》，125～127页，北京，中国方正出版社，2008。

赐了他一棵二尺来高的珊瑚树。该珊瑚生于海底，颜色透明，是当时极为珍贵的装饰品，世上罕见。王恺接到赏赐后扬扬自得，以为此役必胜，欣欣然将该珊瑚树拿给石崇看。石崇看后，用铁制的如意击打珊瑚树，随手敲下去，珊瑚树立刻碎了，王恺很是愤怒，认为石崇是嫉妒自己的宝物。石崇却笑着说："这根本不值一提，我现在就赔给你。"随即命令下人把家里的珊瑚树全部拿出，这些珊瑚树每株高度都有三四尺，树干枝条举世无双而且光耀夺目，像王恺那样的就更多了，王恺见后只能自愧不如。豆粥是较难煮熟的，可石崇想让客人喝豆粥时，只要吩咐一声，须臾间就热腾腾地端来了；每到了寒冷的冬季，石家却还能吃到绿莹莹的韭菜碎末儿，这在没有暖房生产的当时可是件怪事；石家的牛从形体、力气上看，似乎不如王恺家的，可说来也怪，石崇与王恺一块出游，抢着进洛阳城，石崇的牛总是疾行若飞，超过王恺的牛车。这三件事，让王恺愤愤不已，于是他以金钱贿赂石崇的下人，问其所以。下人回答说："豆是非常难煮的，先预备下加工成的熟豆粉末，客人一到，先煮好白粥，再将豆末投放进去就成豆粥了。韭菜是将韭菜根捣碎后掺在麦苗里。牛车总是跑得快，是因为驾牛者的技术好，对牛不加控制，让它撒开欢儿跑。"于是，王恺仿效着做，遂与石崇势均力敌。石崇后来知道了这件事，便杀了告密者。王石斗富在现在看来可谓是一种病态的嗜好，实际上就是当时历史的真实写照，这正是世家大族较为普遍的炫耀心理作祟的反应。

据《世说新语》等书载，石崇家的厕所修建得华美绝伦，准备了各种香水、香膏给客人洗手、抹脸。经常得有十多个女仆恭立侍候，一律穿着锦绣，打扮得艳丽夺目，列队侍候客人上厕所。客人上过了厕所，这些婢女要客人把身上原来穿的衣服脱下，侍候他们换上了新衣才让他们出去。凡上过厕所，衣服就不能再穿了，以致客人大多不好意思如厕。有一次，当朝右光禄大夫刘实到石崇家做客，突然闹肚子急忙上厕所。进去一看，只见里面一张挂着漂亮纱帐的大床映入眼帘，床上铺着华丽的被褥，两旁各有一名侍女手拿香囊。刘实以为误入主人寝室连忙退了出去，还不停向石崇道歉。石崇见刘实此态，心中不无得意，哈哈大笑道："你进去的就是厕所啊。"管中窥豹，可见一斑，石崇家里连厕所都豪华成这样，其他的可想而知，现在留下的就有石崇的别墅——金谷园。石崇因山形水势，筑园建馆，挖湖开塘，园内清溪萦回，水声潺潺。周围几十里内，楼榭亭阁，高下错落，金谷水萦绕穿流其间，鸟鸣幽村，鱼跃荷塘。石崇用绢绸茶叶、铜铁器等派人去南洋群岛换回珍珠、玛瑙、琥珀、犀角、象牙等贵重物品，把园内的屋宇装饰的金碧辉煌，宛如宫殿。金谷园的景色一直被人们传诵。每当阳春三月，风和日暖的时候，桃花灼灼，柳丝袅袅，楼阁亭树交辉掩映，蝴蝶翩跃飞舞于花间；小鸟啁啾，对语枝头。所以人们把"金谷春晴"誉为洛阳八大景之一。[1]明代诗人张美谷诗曰："金谷当年景，山青碧水长。楼台悬万状，珠翠列千行。"此诗描绘出了金谷园当年的华丽景象，也记录了金谷园奢华的内景，成为石崇生活奢侈腐化的铁证。

依赖权臣苟残喘 一代巨贪化青烟

太熙元年（290年），晋武帝去世，其子司马衷（晋惠帝）即位。由于惠帝为白痴，朝政自然落入晋武帝皇后贾南风手中。她重用自己的外甥贾谧，石崇见风使舵，巴结奉承权臣贾谧，贾谧与他们很亲善，号称"二十四友"。贾谧的外祖母广城君郭槐每次出来，石崇遇到时总先下车站在路左，望尘而拜，他就是如此卑鄙奸佞。公元300年（永康元年），赵王司马伦发动政变，诛杀贾后等人，贾谧也被杀，石崇因是贾谧同党而被免官，司马伦与大臣孙秀开始把持朝政大权。当时，石崇有个爱妾绿珠，相貌美艳，善吹笛，是中国古代著名的美女，可谓才色双全。如此才貌出众的女子自然引得了不少人的垂涎，孙秀便是其中之一，

---

[1] 王旭：《贪腐史鉴：二十四史上的那些贪官们》，243页，北京，法律出版社，2014。

他仗着自己的特权公然去石崇处索要绿珠。石崇当时在金谷别馆，正登上凉台，面临清澈的河水，婢女在旁伺候。孙秀的使者将要人的事告诉石崇，石崇将自己的数十个婢妾都引出来让使者看，这些婢妾满身兰麝的芳香，披戴绫罗细纱。石崇对使者说："从中挑选吧！"使者说："君侯这些婢妾美丽倒是美丽，然而我本是受命来要绿珠，不带绿珠回去誓不罢休。"石崇勃然发怒说："绿珠是我的爱妾，你们是得不到的。"使者见石崇如此决绝，便奉劝道："君侯博古通今，明察远近，希望三思，切莫因一歌妓而耽误自己前途。"石崇仍然坚持己见。这样的行为自然得罪了孙秀，孙秀为报此仇，力劝司马伦诛杀石崇。石崇得知他们的计谋后，便与黄门侍郎潘岳暗地劝淮南王司马允、齐王司马冏谋划诛杀司马伦与孙秀。孙秀觉察了这些事，就假称惠帝诏命逮捕石崇与潘岳等人。当时石崇正在楼上宴饮，甲士到了门前。石崇对绿珠说："今天我为了你而惹祸。"听到石崇这番言论的绿珠，表现出了非一般女子应有的刚烈和勇气，非常坚定地对石崇说："大人如此待我，我定不会辜负大人。"言毕，没等石崇反应过来便跳楼而亡，此时过度自信的石崇仍低估了事态的严重，轻描淡写说道："我不过是流放到交趾、广州罢了。"直至他被装在囚车上拉到东市，才恍然大悟叹息道："这些奴才是想图我的家产啊！"押他的人答道："知道是家财害了你，为何不早点把它散发掉！"石崇无言以对。他的母亲、兄长、妻妾、儿女不论老少共十五人都被杀害，家中的珠宝、财物、田宅、仆役等全部被朝廷抄没。石崇被诛时52岁，真可谓多行不义必自毙，贪婪至极的石崇最终落得了个满门抄斩的下场。

警钟长鸣勿踩线　勤政廉政记心间

石崇已经化为历史上的青烟，但是历史却给了他最公正的评判，诚如《晋书》中所言"石崇学乃多闻，情乖寡悔，超四豪而取富，喻五侯而竞爽。春畦靡，列于凝洹之晨；锦障逶迤，亘以山川之外。撞钟舞女，流宕忘归，至于金谷含悲，吹楼将坠，所谓高蝉处乎轻阴，不知螳螂良袭其后也"。石崇其人才华横溢，年少时好学不倦，可称为聪明能干、白手起家的青年才俊，然享乐的天性与意外之财相会时，石崇终抵不住物质和权势诱惑，其秉承"财富既是身份象征，又是游走上层社会头衔"的错误价值观，天天莺歌燕舞、沉迷于美色及财富无可自拔。作为深受皇帝宠信的权臣最终因为一个歌妓葬送了整个家族的命运，这看似是一种偶然，细细品味实则是历史发展的必然。石崇在得官之时没有克己奉公，一步步放纵自己滑向穷奢极欲的深渊，作为普通臣子却富可敌国，必然会引起当权者的忌恨，无法无天的行径不但葬送了自己，还断送了整个家族的命运。

反观历史，深思当下，杭州市原副市长许迈永也以惊人的相似向世人展现出了一个当代的"石崇"。他从2002年到2008年的6年间历任西湖区副区长直至区委书记一职，在西湖区内权倾一时，被人戏称为杭州"许三多"——钱多（钱财两个亿）、房多（房产8处）、女人多（两位数）。受贿1.6亿余元、贪污5300余万元、违规返还土地出让金7100余万元，他刷新了国内官员贪腐的纪录，也葬送了自己的前途。无论是古代的石崇，还是当代的许迈永，他们都在警示每个人都应该树立正确的人生观、世界观、价值观，注重修养是做人之根本，正心立德乃为官之首要，"有钱不可任性""有权不能任性""有才也不能任性"。

石崇自身贪婪的本性自然是其贪污腐化的首要原因，然而我们也必须要认识到石崇只是晋帝国的一个中级官僚，就如此狂乱纵欲变态奢靡，那宰相级高级官员行为更加不言而喻，当权者的庇护与纵容，导致吏治日益腐败，贪污奢侈之风极为盛行，众多"老虎"云集于朝堂之上。这些"老虎"巧取豪夺，大肆聚敛钱财，以贪腐为能，以奢华为荣，这也是西晋的"盛世"只有十多年，其后就因上下淫奢而天下大乱，晋朝也成了中国历史上最浮华的朝代的根本原因。

这种现象更加警示我们：反腐倡廉，必须在全社会范围内营造崇尚节俭、杜绝腐化的氛围。级别高的官员带头执行廉政制度，充分发挥领导干部的模范带头作用，同时领导干部在 8 小时之外也不可以放纵自己，只有这样才能收到以身作则的效果，最终助推整个社会的廉政建设。

（王文文）

三国两晋南北朝时期贪廉小故事链接

"悬丝尚书"山涛

山涛,西晋时期大文学家、政治家,"竹林七贤"之一,也是著名的清官,为官三十余年,清廉自守,宠辱不惊,从不接受别人的财物。他在担任吏部尚书时,前来请托送礼的人络绎不绝,但都被他一一婉言回绝。当地县令名叫袁毅,知道山涛不肯收礼,就趁山涛不在,偷偷地给山涛家送去一百多斤的真丝,这在当时绝对是一份厚礼。山涛回家后发现此事,碍于当时的官场风气,不好轻易退回,只得命令家人把这些真丝包好,贴上封条,悬挂于屋梁上,并吩咐谁也不准动用,并训诫说:"自今日起,但凡有送礼者,均以此为率。"后来,袁毅劣迹败露,有人反映说袁毅曾给山涛送过真丝,朝廷就派人到山涛府上查询,只见那百斤真丝仍然悬挂在屋梁上,上面积有多年灰尘,但印封却完好如初。众人不禁钦佩山涛为官清廉,因而人尊称其为"悬丝尚书"。山涛曾以老病、赡养母亲请辞几十次,皆不准。直到七十岁时,司马炎才答应了他的要求。司马炎知道山涛清贫简约,无法供养家人,特别供给每日膳食,加赐床帐被褥。礼遇之厚重,在当时无人能及。

(田秀娟)

死后升官朱异

朱异,吴郡钱唐(今浙江杭州市)人。南朝梁武帝时的宠臣,任中书通事舍人，相当于今天的高级秘书。据史书记载，他"贪财冒贿，广受馈遗""四方饷馈，曾无推拒"。他生活奢侈，穷奢极欲，连上朝都随车带上饴糖糕饼等食物。但他却"性吝啬，未尝有散施"。他善于阿谀奉承，巧言令色，除了皇上，王公贵族他都不放在眼里。有人劝他不要这样，他说："我出身贫寒，好不容易混成今天这个样子，如果我不轻视他们，他们反而会看不起我。"梁太清二年（548年），河南王侯景以朱异贪财受贿、欺罔视听为由，起兵包围建康台城（宫城）。皇太子萧纲乘机上《围城赋》，斥责朱异"高冠厚履，鼎食乘肥"，是祸国之豺狼、害民之虺蜴。没等皇帝发落，朱异就在羞愧与恐惧之中发病而死。可笑的是，朱异死后，梁武帝"乃悼惜不已""诏赠尚书右仆射"。本来尚书仆射这个宰相之职是不能当作赠品的，但因梁武帝听说朱异平生的抱负就是想做宰相，为了满足朱异这一愿望，于是在他死后赠给了他这一职务。君昏臣佞，可见一斑。可惜好景不长，朱异死后几个月，当侯景的叛军打进宫城后，执政四十七年的梁武帝也病死了。

（田秀娟）

"风月尚书"徐勉

　　徐勉，字修仁，东海郯人，南朝梁政治家、一代忠臣，更是有名的清官。史称他居官清廉、不营产业、勤于政事、家无蓄积。天监六年，徐勉被任命为吏部尚书，徐勉做了吏部尚书，掌握了官吏任免大权之后，他家可热闹了，来套近乎的人不晓得有多少。有些脸皮厚的人，甚至伸手要官。有一个叫虞嵩的人，仗着和徐勉的关系比较好，有一次狮子大开口，一次便"求詹事五官"。徐勉正色道："今夕止可谈风月，不宜及公事。"虞嵩讨了个没趣，只得讪讪地告辞了。故时人赞其为"风月尚书"，"止谈风月"也成了著名的历史典故。

（吕宏伟）

无耻索贿庾炳之

庾炳之,字仲文,颍川鄢陵人,南朝宋文帝刘义隆时期的官员。《宋书》对他有八个字的评价:"不揖众论""颇通货贿"。就是指庾炳之听不得别人的意见,好货纳贿。说到庾炳之的贪婪好货,简直到了变态的程度,有些事简直让人难以置信。据《宋书》卷五十三列传第十三(庾炳之)记载,曾有一个叫夏侯的客人去拜见庾炳之,临走时,庾炳之的家人问这位客人:"家里有好牛吗?"回说没有,又问:"家里有好马吗?"回说也没有,夏侯说:"我家里只有一头驴。"庾炳之接过夏侯的话说:"这驴正是我想要的。"没奈何,夏侯只得把家里的驴牵来送给了庾炳之。只此一事,足见庾炳之贪婪好货之本性。

(吕宏伟)

隋
唐

隋唐时期吏治特点

隋文帝统一全国，政治清明，定《开皇律》，为封建社会的繁盛奠定了基础。隋炀帝继位后，昏庸残暴，贪婪无度，自毁法制，招致隋朝的快速灭亡。唐继隋之后，是历史上公认的最强盛王朝之一。唐太宗"贞观之治"，唐高宗"永徽之治"，武则天、唐玄宗等开创了一个辉煌荣耀的大唐。在这荣耀的光环之下，既有廉洁之士的锦上添花，也有贪婪之辈的飞蛾扑火。

隋唐时期的清官中，位高权重的高官偏多，尤其是位至宰相的较多，如狄仁杰。隋唐时期多谏官，其于百姓社稷敢于直言，敢于谏言，如大家熟知的谏臣魏征。一般情况下，这一时期清官都家风良好，受家庭影响比较大。这一时期清官典型人物主要有：梁彦光、赵轨、房恭懿、公孙景茂、辛公义、柳俭、郭绚、郭肃、刘旷、王伽、魏德深、吉翰、杜骥、申恬、甄法崇、王洪范、郭祖深、张鹰、明亮、杜纂、窦瑗、孟业、苏琼、李君球、崔知温、高智周、韦机、权怀恩、冯元常、蒋俨、王方翼、薛季昶、张知謇、杨元琰、倪若水、李渚、宋庆礼、姜师度、潘好礼、杨茂谦、杨玚、崔隐甫、李尚隐、吕谭、萧定、蒋沇、薛珏、任迪简、范传正、袁滋、薛苹、阎济美、韦仁寿、陈君宾、张允济、李素立、孙至远、薛大鼎、贾敦颐、田仁会、裴怀古、韦景骏、李惠登、罗珦、韦丹、卢弘宣、薛元赏、狄仁杰、姚崇、宋璟、徐有功、陆贽、崔戎、房玄龄、韩休、马周、张玄素、李大亮、王珪、戴胄、卢怀镇等。该时期有部分皇亲国戚贪污腐败严重，仗着皇家权势作威作福，如历史上有名的外戚杨国忠、武三思等。

因为科举制的盛行，有部分贪官虽贫苦出身，开始兢兢业业，后来却走上贪腐之路，而且一贪就一发不可收。加之佛教在这一时期盛行，也有部分人打着佛教的幌子进行贪腐，武则天时期的薛怀义就是利用白马寺住持的身份进行贪腐的。这一时期贪官典型人物主要有：刘昉、许敬宗、裴蕴、李义府、陈少游、李锜、王缙、元载、王播、杨国忠、王涯、李绅、长孙顺德、张祐、王智兴、李辅国、郑译、杨素、宇文述、虞世基、宇文化及、封伦、李元婴、来俊臣、薛怀义、张易之、武三思、宗楚客、宋之问、崔湜、李林甫、王鉷、高力士、鱼朝恩、窦参、裴延龄、王伾、李锜、王锷、郑注、仇士良等。

隋唐时期贪廉特点的形成，主要缘于以下几点：

从皇帝执政风格讲，隋文帝进行了一系列重大政治制度改革，废除不合时宜的北周六官制，确立三省六部制，提出"存要去闲、并大去小"，裁汰冗官，合并郡县，并建立了科举制度。隋文帝虽贵为天子，却食不重肉，用不重金，提倡官员节俭，为了惩治贪官，发明了"钓鱼执法"，强化对官员的监督，曾一次罢免河北52州贪官污吏200人。而隋炀帝却穷极华丽，大修苑囿，弦歌达旦，挥霍浪费。隋炀帝游江都时，曾率领诸王、百官、后妃、宫女一二十万人，船队长达二百余里，所经州县，五百里内都要贡献食物，浪费严重。唐太宗李世民是我国历史上有名的开明君主，他以隋王朝的覆灭为鉴戒，勤于政事，精于用人，严于治贪，开创了"贞观之治"。太宗"深恶贪浊，有枉法贪财者，必无赦免。在京流外有犯赃者，皆遣执奏，随其所犯，置以重法。由是官吏多自清谨。"李世民在位期间，是历史上贪污腐败最为收敛的时代之一，盛世清风习习，为百姓所称道。武则天时期，为了反腐败，实行"开放言路，言者无罪"，做到"谁人背后不说人，谁人背后无人说"。发动百姓反腐倡廉，收到了良好的效果。唐玄宗时期，腐败现象比较突出，又数次发动对南诏的战争，最后被拖入战争泥潭，将国库掏空，使全国陷入经济危机，导致社会矛盾空前激化，为"安史之乱"的爆发创造了条件。

从廉政和腐败惩罚制度建设讲，首先，隋唐重考课制度。"大小之官，悉由吏部，纤介之迹，皆属考功"。隋唐考课制度把为官的道德品质（四善）作为考课官吏的重要标准，同时又兼顾了为官的才能（二十七最），体现了封建社会"丧乱既平，则非才行兼备不可用"的任官原则。隋唐考课制度把国家机关全体公职人员纳入考课对象，既加强了中央集权，又充分发挥了国家的统治职能，有利于缓和阶级矛盾。其次，完善相关法律制度。隋唐时期，对官吏贪赃枉法、失职、擅权、泄密等罪行的惩罚有了更明确的规定。如规定贪赃枉法罪，是指"受人财请求，有事以财行求，受所监临财物，受旧属财物，坐赃等犯罪"；擅权罪则指官吏滥用或越权行为，唐律规定，凡非法或擅自兴造，非法聚敛，擅自奏改律令式，代署代判者，均判处刑罚。唐代以后，各代对于官吏失职、枉法的规定基本上沿用唐律规定。还有，建立监察制度。唐朝的御史台下设三院：台院、殿院、察院。台院执掌纠举中央百僚，参加大理寺审判和审理皇帝交付的案件，置侍御史；殿院、察院掌理巡按州县，监察地方官吏，全国共分十道（后增为十五道），每道设监察御史一人。唐初，监察御史基本上沿汉代"六条问事"进行纠弹，权限广泛，从农业管理到户籍状况，从官吏考课到擢拔德行茂才。御史可以"风闻上奏""独立弹事"。

从统治社会的主导思想讲，隋代佛教有了创造性发展，形成了极具特色的中国化佛教的新阶段。隋文帝提倡佛教，也有社会现实的需要。南北朝以来，佛教得到了迅猛的发展，隋灭陈时，致使许多寺院毁于战火，又令建康的城邑宫室荡平耕垦，盛极一时的建康佛教顿告衰微。这种强行压制佛教的做法，不可避免地招致广大信徒的不满。在这种情势下，隋文帝普诏天下，听任出家，全面支持和复兴佛教，对于缓和民族矛盾，召唤流民归土耕垦以及隋王朝赢得民心、巩固统治都非常有利。唐时宗教在社会上的地位最盛。唐武宗时对佛教采取高压政策，史称会昌灭法，使除禅宗、南宗等少数宗派外，其他佛教派别从此一蹶不振。佛教的政治地位虽不及道教，但其传播范围之广、经济实力之大、信徒人数之多都远在唐代道教之上。道教遵奉老子李耳为神，由于唐朝皇室姓李，因此道教自唐初就被规定居于佛教之上，在唐代上流社会也很流行。玄宗曾亲自注解《道德经》，开元二十一年，还在科举考试中增设道举与儒家经典，同列《明经》科举人策试教本，明显有将道家列为国学，颇有与儒家经学齐足并驰的意义。除了佛、道二教外，还有伊斯兰教、景教、拜火教与摩尼教等外来宗教，但社会影响力较小。唐代对外来宗教相对宽容，其间多有外来教士传授教法。

从社会风气讲，隋是我国古代历史上第二个时间跨度短，政治、经济、文化等方面创新集中，具有历史转折意义的朝代。隋的文化特点归纳起来就是创新与融合。汉族在隋建立后的文化特色比隋前时期更加多元化、复杂化。从而使文学、文艺作品的创作、欣赏、交流不再是士族阶级和上层统治者的专属品，而是逐渐被"市井草民""山野村夫"的下层阶级所认可和从事。使隋建立后的文学、文艺作品具有更多特色和更加亲民，正所谓"旧时王谢堂前燕，飞入寻常百姓家"。唐朝的社会风气呈现出两个明显的特点：其一是自由开放，天宝之前的大唐，海纳百川，兼收并蓄；其二是平等重人，唐朝的爱民、重人政策促进了平等思潮的兴起，使平等待人、尊重弱者成为一种社会风尚。当时的将相大臣大多宽厚、谦逊，尤为难能可贵的是，当时不仅是上层人物能够宽厚待人，而且普通老百姓也能自尊自重。

从官场习气讲，隋文帝时期，提倡节俭，以身作则，官员大多清廉且对贪赃讳莫如深，到隋炀帝时期，皇帝个人骄奢淫逸，大兴土木，好大喜功，导致官场习气乌烟瘴气，腐败横生。唐朝初期，政治清明，很多大臣都有良好的道德操守。唐朝贞观年间，唐太宗李世民和手下的一批名臣如房玄龄、杜如晦、魏征等创建了一个精干、廉洁、高效的政府系统。唐朝中后期，官员开始结党营私，出现了有名的"朋党之争"，官场腐败亦在所难免，随之又有宦官专权和藩镇割据之弊，种种弊政之下，曾经的大唐盛世日渐衰落，最终坍塌。最可怕的是，就在官僚机构日益臃肿、官员日益增多、官场风气日趋腐败的情况下，唐朝官员的薪水却"芝麻开花节节高"。史学家钱穆计算，唐初俸制，官一品月俸三十缗（一千钱称缗，同贯），职田禄米不过千斛。到开元年间，官俸数倍于唐初，天宝年间又数倍于开元。屡次加薪之后，大历年间官一品月俸已达九千，直到最后百姓不堪重负，揭竿而起。

（杨同柱）

坚守正道刚正不阿　秉公执法勤政廉明
——唐朝清官宋璟

宋璟（663—737），邢州南和（今河北邢台市南和县阎里乡宋台）人，唐代杰出政治家。17岁中进士，《旧唐书》称他："少耿介有大节，博学工于文翰，弱冠举进士。"历任义昌令、上党尉、监察御史、御史台中丞、凤阁舍人、吏部侍郎、吏部尚书、刑部尚书、尚书右丞相等职。为官长达52年，一生尽心辅佐当朝皇帝，历仕武则天、中宗、睿宗、殇帝、玄宗五帝。开元二十年（732年），宋璟年老体弱，主动请辞，退居洛阳东都私宅。五年后（737年），一代名相与世长辞，享年75岁，赐太尉，谥曰文贞。

秉承家风凛然正气　奸佞敬畏惧怕三分

宋璟出身官宦世家，其祖辈于北魏、北齐皆为名臣，良好的家庭环境为他创造了优越的成长条件。他自幼聪慧好学，酷爱读书，博学多才。更难得的是，他的道义感非常强，这与其良好的家教是密不可分的。宋璟发迹于武则天时期，年轻的宋璟就以耿直不阿、疾恶如仇著称。当时，武则天豢养男宠，其中张易之、张昌宗兄弟仗着武则天对自己的宠幸，飞扬跋扈，作恶多端，并且心胸狭窄、睚眦必报，因此很多阿谀奉承者都百般讨好他们，甚至甘做他们的鹰犬。御史大夫魏元忠对此深恶痛绝，下决心弹劾他们，不料走漏了风声，让二张怀恨在心，于是抢先诬陷魏元忠谋逆，又贿赂凤阁舍人张说去皇帝面前做伪证。张说在作证前非常惶恐，一方面担心得罪气焰嚣张的二张兄弟；另一方面违心诬陷魏元忠又于心不忍。宋璟登门劝道："人生最重要的莫过于名声和正义，人不能为了苟且偷生而偏袒邪恶之徒，陷害忠良方正之士，免得落得个遗臭万年的可悲下场。如果你因仗义执言而冒犯天颜遭到不测，我一定会面见皇上为你据理力争，与你生死与共、同遭此难。努力一把就可以万世流芳，就看这一次你怎么做了。"张说听后内心深受震撼，被宋璟的公道正气所折服。入宫后，张说不顾二张威胁，如实上奏事实真相，力保魏元忠清白。二张气急败坏，但也无计可施。自此，宋璟更加坚定了同奸佞小人斗争的决心。

武则天晚年，二张兄弟更为嚣张，朝中大臣都惧怕他们，甚至尊称他们"五郎""六郎"，以示亲昵，谄媚至极。唯独宋璟不卑不亢，正义凛然，久而久之，连二张也对其渐生畏惧。一日宫中设宴，当时二张官位高于宋璟，但为取悦宋璟，特意留出上座专候他。席间，众人争相巴结二张，谄笑附和，唯恐落后。宋璟到后不苟言笑地随意落座，张易之赶紧向宋璟作揖行礼道："宋中丞，您是朝廷里的第一人，怎么能坐在下面？请您入上座。"宋璟眼都不抬："我才劣品卑，官品低微，张卿却认为我是朝廷第一人，这是为何？"张易之拍马屁不成，一时语塞。天官侍郎郑善果见状，为讨好二张，质问宋璟："中丞为何如此无礼，竟敢直呼五郎为卿？"宋璟回击道："根据他的官职，如果我是以同朝为官的身份称呼他，就应该叫卿；如果是因亲族缘故，应该叫张五。我又不是他家家奴，怎么能叫郎呢？难道是因为心中怯懦？"一语落地，满座皆惊，二张异常难堪，郑善果更是瞠目结舌，愣在一边。

为官耿直秉公执法　三违圣命匡正纲纪

中宗后期，皇权旁落到皇后韦氏手里。这个韦后虽说没像武则天那样垂帘听政,却在金銮殿内设起紫锦帐,同样执掌朝政。当时武则天的亲侄子武三思,很受韦后宠爱,二人之间污秽之事,宫中人尽皆知,中宗却还把他视为心腹。神龙二年(706年)四月,京兆人韦月将上书中宗,告发武三思潜通韦皇后,认为此事秽乱内宫,必有逆乱。中宗不问青红皂白,叫来黄门侍郎宋璟,要他立刻把韦月将推出午门斩首。宋璟收到敕令后没有转发,认为案情要调查清楚,不能轻易杀人,请求交付法司审理,查实验证后再依法行事。中宗大怒道:"我都决定斩首了,你还调查什么?"宋璟抗旨:"人家告韦后与三思有私情,陛下不加过问就问斩,臣恐天下会大加非议,请查实后用刑。"宋璟以为皇帝同意了他的意见,就退出了金殿。谁知中宗一看宋璟走了,来不及整理好衣巾,就从御座上站起来,拖着便鞋匆匆从侧门跑出去追宋璟,一见宋璟大发雷霆:"朕还以为早就把韦月将斩了,难道现在还没执行吗?"宋璟据理力争:"臣请陛下查勘清楚后再做定夺。"宋璟的话,对快要气疯的中宗来说,是半点也听不进去。宋璟见中宗有失天子身份,也十分气愤:"请陛下先将臣斩首,不然不能奉诏。"皇上要杀,宋璟要拦,两人相持不下,朝臣们也都赶忙追上来劝说:"陛下不要生气,现在正是夏天,不是杀人的时候(唐代惯例死刑在秋、冬两季执行),等秋天凉快了再说吧!"最后中宗无奈,才免韦月将死刑,改发配岭南。虽然韦月将保全了性命,但宋璟却因此事得罪了中宗,不久便被贬官为检校贝州(今河北省清河县西北)刺史。

以身作则刚正不阿　一视同仁不徇私情

唐玄宗登位后,看清宋璟是真正的吏治之才,便再次封他为相。重登相位后,宋璟积极倡导开明的政治风气,主张政治是国家的政治,不是君主私人的政治,政治不但要光明磊落,还要有适当的牵制。为防止奸佞小人私下在皇帝耳边进谗言,他提出百官奏事,必有谏官、史官在侧的主张，以期减少君臣私议和密议，因而在朝政方面逐渐改变了过去唯亲信为官、唯姻戚为吏的恶习，一些内侍、酷吏、贪鄙之徒，也不易单独御前奏事，密诣好人，使朝廷内出现了比较清明的政治局面。

宋璟身为宰相，掌管选拔官员的职权。为防止亲戚利用自己的地位和声望投机钻营，宋璟尽量避免与亲戚过多往来，以保证人才选拔的客观公正。开元七年（719年），他的堂叔宋元超作为候选官员到吏部应选。宋元超以为只要亮出自己与宋璟的关系，弄个一官半职是十拿九稳。但宋璟得知后，不顾叔侄情面，当即给吏部写信，表明自己的态度："宋元超的确是我的堂叔父，但是我绝不会因此而徇半点私情。如若他未挑明与我的关系，尚可按规定由吏部考核，决定安排与否；近日既然他已经企图以我为幌子，走后门搞歪门邪道，那么就请取消他候选官员的资格，以示警戒惩罚。"宋元超弄巧成拙，自讨没趣，几日后，只好怏怏而回，但却对这位堂侄心生敬佩。①

以身作则的同时，宋璟对皇亲国戚也是一视同仁。一次，唐玄宗想把他的妻舅、岐山县令王仁琛提为五品官，安插在朝中任职。于是通过墨敕（皇帝亲下敕书而不用通过吏部正常考核）的办法，下任命诏书。宋璟听说后，极力反对，他上奏皇上说用人当公正无私，要唯贤、不唯亲，希望唐玄宗本着任人唯贤的原则，让吏部对其进行公开考核，再决定是否提拔。唐玄宗认为宋璟的建议完全出于公心，且合情合理，虽不合意，但也收回了敕令。自此，更是对宋璟刮目相待。

禁筑大冢提倡节俭　清正廉洁抵制歪风

开元七年（719年）四月，唐玄宗的岳父即王皇后的父亲王仁皎去世，王皇后的哥哥王守一请求玄宗为其父建造一座高五丈一尺的坟墓，玄宗

---

① 中共山东省纪律检查委员会、中共山东省委宣传部编：《清官鉴》，270页，北京，中国方正出版社。

答应了。许多大臣虽有议论，却不敢上奏，唯独宋璟上疏玄宗。宋璟对玄宗说："王仁皎是一品官，依据制度，一品官的坟应该高一丈九尺，如果陪陵的话可以追加到三丈，按照任何一个制度标准，都不可建造五丈一尺，制度一旦订立就必须遵守，否则以后谁还尊重制度。"宋璟以国家礼法为上，严格遵守丧葬制度的做法，使玄宗十分赞赏，于是接受了宋璟的劝谏，按照制度建造坟墓。

玄宗时期，每年地方派人定期向皇帝、宰相汇报工作，即今天所谓的"述职"。使者进京，往往多带珍贵宝货，四处送礼，拜结权贵，许多官吏收礼受贿，使者也多有因此晋升。而这些东西都是向百姓摊派和搜刮来的，这种扰民之风使百姓怨声载道。宋璟对此异常不满，并面奏玄宗，勒令所有礼品一律退回，削杀收礼受贿之风。这一诏敕，打击了地方官员搜刮百姓财物的嚣张气焰，遏制了地方官吏的买官歪风，净化了官场环境。

唐玄宗在姚崇、宋璟辅佐下，吏治不紊，纲纪有条，即位六七年便使唐王朝再次出现"天下大理"的中兴局面。开元二十年（732年），朝中发生了一起触目惊心的安西都护府赵含章行贿案。玄宗派人调查，结果朝中九品以上的官员都接受了赵含章的贿赂，唯独宋璟没有接受，这使得唐玄宗更加器重宋璟。

而宋璟经过五十多年的宦海沉浮，夙夜为公，早已筋疲力尽。在这次事件后，宋璟主动向玄宗请辞，玄宗虽然依依不舍，但考虑到宋璟年老体弱，便在大加赞赏了一番之后，同意了宋璟的辞呈。宋璟退居洛阳东都私宅，在安度了五年晚年生活后，一生兢兢业业、勤勉清廉的一代名相与世长辞，享年75岁，去世后赐太尉，谥曰文贞。

宋璟死后，唐王朝由于政治上安于现状，在吏治方面也慢慢受到后庭和宗族、姻戚的影响，加之李林甫、杨国忠等奸相为辅，由姚崇、宋璟苦心建立起来的政治纲纪，很快被他们破坏殆尽。安史之乱发生后，玄宗狼狈逃到咸阳，一位长者向玄宗说："臣犹记宋璟为相，数进直言，天下赖以平安。自倾以来，在廷之臣以言为讳，惟阿谀取容，是以阙门之外，陛下皆不得知，草野之臣，必知有今日久矣。"听完老者之言，唐玄宗默默无语，不时仰天长叹。

宦海浮沉终不改志　　清廉勤政铸就辉煌

宋璟一生为官长达五十二年，尽心辅佐唐朝多位皇帝，革奸佞、任贤臣、整纲纪，使大唐从混乱衰败走向繁荣，出现了中兴的局面。宋璟为人刚正、品行高尚、自身清廉、持法公正、不避权贵、敢于犯颜直谏。其为官清正，不畏权贵的事迹蜚声远近，可谓安国定邦的难得人才。王夫之在《读通鉴论》中说宋璟"清而劲"——清贞、刚劲，为天下楷模。[1] 北宋文学家欧阳修看到颜真卿撰写宋璟的墓碑时称赞道："如忠臣烈士，首先君子庄严尊重，使人畏而爱之，虽其残不忍弃也。"宋璟与姚崇同朝为相，素有"唐三百年，辅弼者不少，独前称房杜，后称姚宋"之说。史书上一向"姚宋并提"，并有"崇善应变以成天下之务，璟善守文以持天下之正。二人道不同，同归于治"的赞词。司马光评论唐代宰相道："姚宋相继为相，崇善应变成务，璟善守法持正。二人志操不同，然协心辅佐，使赋役宽平，刑法清省，百姓富庶。唐代贤相，前称房杜，后称姚宋，他人莫得比焉。"

《资治通鉴》这样评价宋璟："上甚敬惮之，虽不合意，亦曲从之。"意思是宋璟直言极谏，搞得皇帝很怕他，也很敬重他，虽然很多时候并不符合皇帝本来的心意，但是皇帝还是会委屈自己，尊重他的意见。这是因为宋璟遵守的是正道、是原则，官再大，大不过正义。宋璟的身上打着深深的儒家烙印：重道德、讲原则。他的一生是对道德和原则的强烈坚守，所以为官期间没有私心、一心为公、无欲则刚，虽经历宦海浮沉，

---

[1] 董群主编：《历代清官廉吏故事》，119页，北京，中国宇航出版社，2013。

但终得善果,被皇帝赞为股肱之臣。

宋璟17岁便中进士,可谓年少得志,但一生屡遭磨难,因不畏权贵、处事严正、不徇私情,甚至坚持原则到不通人情,曾数次因犯颜直谏而遭贬,又数次因才堪大用而擢升。在面对官场黑恶势力时不卑不亢,不结党营私,与其划清界限,在面对阿谀谄媚时,始终不为所动、保持自我,自觉抵制歪风邪气。即使是被打击报复,他耿直性格依然如故,始终保持疾恶如仇、正义凛然的风骨。换作一般人肯定会被生活磨圆了棱角,但他始终不改治国救民之志,无论为官何处都能做到勤勉廉政,克己奉公,最终留下千古美誉,被百姓赞为"有脚阳春"。

清廉自守堪称典范　劝廉筑廉彪炳千秋

宋璟清廉自守的一生是当今手握重权的高官们以身作则的典范。唐朝立碑颂德之风极盛,但宋璟却提倡朴实的作风。开元年间,宋璟任广州都督,当时,广州是蛮荒之地,建屋都是以泥土做墙、竹子茅草为顶,然而毛竹易燃,因此极易发生火灾。于是他一上任就开始旧城改造,拓宽街道,教百姓烧砖瓦,改造房屋,从此当地不再有火灾延烧的问题,造福了当地百姓。宋璟升任宰相后,广州官民为他竖立了一块"遗爱碑"来记载他的功绩。但宋璟认为自己功绩微不足道,坚辞不受。他赴京上任后第一件事就是上言玄宗:"我在广州没有什么特别的政绩,现在我职位显达,便有人来借立碑之事向我谄谀,请从我开始革除此风。"玄宗因此下令全国狠刹立碑之风。最后宋璟亲赴广州,说服当地百姓,并亲手砸了为他立的碑,但他的政绩在百姓口中却是有口皆碑。宋璟在地位显赫、身受鲜花与掌声包围时能做到这一点,不愧为大家风范。领导干部的为官之道和行为准则应是脚踏实地、真抓实干、不图虚名、襟怀坦白、公道正派。反观当下,喜好谄谀、好大喜功的领导干部并不鲜见,这些人对别人的恭维奉承习以为常,虽然满足了自己一时的虚荣心、权

隋唐

力欲，但长此以往，对来自各方面的"好评"就难辨真伪，容易"头昏眼花"，不但工作上极易造成决策失误，自己也会滋生骄傲自满的情绪，最终迷失自我。

宋璟不仅能做到自身清廉，而且还能劝廉、助廉。他在长期的从政中认识到"奢侈之害，毒于天灾"，明白"上梁不正下梁歪""上行下效"的道理，所以要求皇帝"圣朝褒贤劝善，激浊扬清，贪婪者靡不弃捐，介洁者宜应念录"。他经常劝说皇帝廉洁自律、抑制奢靡，禁止聚敛钱财、奢侈享乐，要勤于政事，做一个艰苦朴素、为国为民的好皇帝。在宋璟的说服下，唐玄宗吸取"隋氏纵欲而亡，太宗抑欲而昌"的教训，懂得"文质之风，自上而始"的道理，于是率先垂范，带头厉行节约，抑制欲望，自觉抵制奢侈之风，从而影响并带动了各级官员收敛自己的腐败行为。不但如此，宋璟还特别重视地方官员的廉政建设，宋璟以史为鉴提醒玄宗："太宗时期强调'治人之本、莫如刺史最重要''县令甚是亲民要职'，才得以实现'贞观之治'。"因此说服玄宗下令："都督、刺史、都护每欲赴任，皆引面辞讫，侧门取候进止。"一方面皇上要亲自审察，听取工作汇报；另一方面要求官员勤于政事，清正廉洁，关爱百姓，把反腐败和升官紧密联系在一起。

反观当下，作为领导干部，仅仅做到自身清廉是远远不够的，还应当要像宋璟那样对整个社会的反腐倡廉建设发挥作用，不能怕出事就不干事，要心系百姓，树立正确的政绩观：金奖银奖不如老百姓的夸奖，金杯银杯不如老百姓的口碑。对反腐倡廉要有"与我有关"的思想，处处腐败处处反，人人自清人人清。当下个别领导干部，在反腐倡廉面前，一心只想当个庸官、懒官、太平官，缺乏责任感，不干事、干假事、假干事，明哲保身、但求无过，事不关己高高挂起，这样的作风进一步败坏了党风、政风，无疑是一种巨大的危害。

（张　芳）

十六载宰相贪婪留恶名　六十吨胡椒被抄惊世人
——唐朝贪官元载

元载（？—777），字公辅，凤翔岐山（今陕西凤翔县）人，唐朝宰相。元载经历了三朝皇帝，玄宗天宝初年，考中进士，任新平县尉、大理寺司直。肃宗时，被任命为使臣管理漕运，肃宗统治末期，任宰相。代宗时期，受重用。

担任宰相十六年，元载并未以辅佐皇帝治理国家为己任，反而滥用大权、贪婪妄为，最终被唐代宗诛杀。从其家中抄出当时社会奉为奢侈品的"胡椒"居然达六十吨之多，完全可与家中抄出上亿现金而烧坏数台点钞机的当代巨贪相匹敌。

元载被处决前，刽子手将臭袜子塞进其嘴里侮辱他，被处死后，代宗派人毁其祖坟以平民愤。堂堂宰相缘何如此遭人唾弃？刽子手不放过他，甚至连祖坟也惨遭殃及？他是如何一步步走上贪相之路，又是怎样狼狈结束自己一生的呢？

幼年家贫勤奋博学　精通道学步入仕途

元载并非出生于官宦世家，其早年的经历坎坷曲折，算得上是励志故事的"典范"。元载早年丧父，母亲携其改嫁员外官景升。景升因帮助曹王李明的妃子元氏收租有功，元妃答应其请求，允许景升改姓元，更名为元升。得此殊荣后，元载也跟着改了姓。

元载自小就表现出聪颖的天赋，喜爱读书，尤其钟爱道家书籍。名将王忠嗣赏识元载出众的才华，将女儿王韫秀许配给他。因家中穷困，刚成亲的元载借住岳父家中。他多次徒步跟随他人参加乡试，却屡试不中。由于仕途不顺，元载在岳父家中也越来越没有地位，妻子的族人看不起他，嘲笑他。尊严和爱情面前，元载选择了前者，毅然决定弃妻出走。临别时，赋诗一首《别妻王韫秀》："年来谁不厌龙钟，虽在侯门似不容。看取海山寒翠树，苦遭霜霰到秦封。"将门出生的王韫秀十分欣赏元载的骨气，对丈夫不离不弃，并大加鼓励，她也赋诗一首《同夫游秦》："路扫饥寒迹，天哀志气人。休零离别泪，携手入西秦。"告诉丈夫上路之前，要扫除饥寒和萎靡心态，老天青睐有志气的人，不要因离别而流泪，因为我将与你同行。

天宝初年，幸运之神终于眷顾了元载。唐玄宗因崇尚道教，在全国广征精通庄、老、文、列四子学问的人才，元载就是在这样的背景下中第对策考试，成为邠州新平县（今陕西省彬县）县尉，开启了仕途之门。

政治才能崭露锋芒　三遇恩人终握大权

担任县尉后，元载遇到了赏识其政治才能的恩人——监察御史韦镒和东都留守苗晋卿，二人先后举荐元载为判官，元载先后擢升为大理评事、大理司直。

唐肃宗即位后，因安史之乱余震未了，为保障人才储备充足，廉使（观察使）可以提拔有能力的人才。正在江东避难的元载再次遇到了提拔他的恩人——苏州刺史兼江东采访使李希言。在李希言的推举下，元载升任祠部员外郎，后又担任洪州（今江西省丰城市）刺史。在长安、洛阳二京收复后，元载开始在朝中担任要职，并被提拔为度支郎中，掌管全国财赋的统计与支调。正所谓"是金子总会发光"，元载的才能终于被肃宗皇帝发现和赏识，他的政治步伐迈上了新的台阶。肃宗将江淮地区的漕运工作交付给元载,不久后又加命他为御史中丞。数月后,元载又被提拔为户部侍郎兼度支使和转运使,财政大权尽握其手。

元载的第三位"恩人",可谓元载通往宰相之路的关键人物。政途的顺畅让元载欲望膨胀,为了获得更大的权力,元载开始与肃宗身边的宦官红人李辅国勾结。李辅国的妻子元氏是元载的宗亲,这种宗亲关系以及共同的政治目标让李辅国和元载走在了一起。肃宗在位的最后一年(762年),京兆尹(首都长官)一职空缺,李辅国本想举荐元载,但元载却出人意料地拒绝了,因为他垂涎的是比京兆尹更高的宰相之位。

那么李辅国是如何帮助元载坐上宰相的位置呢?李辅国自己虽为宦官身,却也有一颗"宰相心"。时任宰相萧华强烈反对李辅国任宰相,让他的宰相之梦破灭,也让他怀恨在心。公元762年,肃宗重病在身,李辅国多次诬陷萧华专权,奏请肃宗罢黜萧华,肃宗禁不住李辅国三番五次的进言,罢免了萧华的宰相之位。李辅国又大力举荐元载,使得元载取代萧华担任宰相,同时兼任度支使、转运使。

公元762年5月,肃宗驾崩,代宗即位。李辅国多次在代宗面前称赞元载。元载善于察言观色、迎合代宗,深得代宗器重,被褒赠为银青光禄大夫,赐爵许昌县子,可谓是恩宠甚隆、权倾朝野。

揣摩圣意铲除心患　　获得信任稳固相位

李辅国遇刺身亡后,元载又结交了代宗的贴身内侍宦官董秀。元载用重金向董秀换取代宗的喜好、动向等信息。这样,在代宗面前,元载总能"揣摩到"圣意,因此深得代宗信任。

公元763年,因吐蕃攻入唐朝疆域,元载等人护送代宗出逃至陕州(今河南省三门峡市)避难。与元载一同护送代宗的还有宦官鱼朝恩,鱼朝恩因护驾有功而被加官封赏。随着地位的提高,鱼朝恩渐渐不把代宗放在眼里,他贪贿勒索、迫害无辜,朝野上下对此怨声载道,代宗对此深深不满却也无可奈何。元载深知代宗之意,想除去鱼朝恩为代宗分忧,于是密奏鱼朝恩专权,元载的密奏正合代宗心意。公元770年,在代宗的默许下,元载与北军大将同谋,利用寒食节宴会之机,协助皇帝捕杀了鱼朝恩。元载协助代宗除去鱼朝恩的行为获得了代宗更大的信任和器重,巩固了其宰相之位。

如果单看元载一步一步成为宰相的经历,或许可以总结为"平民奋斗史",足以谱一曲励志篇章,但是当出身寒门的元载掌握的权力越来越大时,他却选择了一条截然相反的道路,走上了后世唾骂的贪婪宰相之路。

四宗罪行令帝寒心　肆意妄为招致杀祸

第一宗罪:强刮民脂民膏,难及江淮各家。元载在户部任职期间,借其职务便利,强行收取赋税,他以江淮地区虽受战乱影响,但相较于全国仍属富庶地区为理由,下令重新审查户籍档案,征收自安史之乱以来江淮地区未征收的赋税。对于无法确定税收数额的,一律按照最高额征收。为了顺利收得税款,元载任用地痞恶霸担任县令,用流氓的方式征税。对于反抗的百姓,均施以酷刑。元载的行为给江淮百姓带来了极大的灾难,许多人携带家眷、家产逃至山林,生生被逼为山寇。元载将搜刮的民脂孝敬给皇帝时,得到的是嘉赏和加官,换来的是仕途的进一步提升。①

第二宗罪:卖官败坏风气,狠毒排除异己。随着权势日盛,元载更加目无章法,他卖官鬻爵,败坏朝廷用人风气,无论是江淮地区的要职,还是京城的要职,元载排除忠良,任用贪鄙之人。元载提拔卓英倩、李待荣为中书主吏,该二人与元载同流合污、肆行不法。《旧唐书》记载:"天下官爵,大者出元载,小者出倩、荣。"公元766年,官员

---

① 杨传升编著:《贪官诫》,230～231页,北京,中国方正出版社,2008。

陈少游被任命为桂州（今属广西）刺史，虽然官职不小，但却地方偏远，陈少游想要换一个官职，于是携带金帛十万贯，送给元载的儿子元仲武，并答应每年馈赠给元载金帛十万贯。不久，陈少游不但没有去偏远的桂州担任刺史，反而被任命为扬州大都督府长史。为了每年能给元载等人进贡财物，陈少游变本加厉地贪敛钱财。元载收受了贿赂，更尽心尽力地庇护陈少游这类自己"提拔"和"看重"的人。

对于反对自己的人，元载用尽手段打击报复。公元771年，为了掩盖其上报的选人功状的诸多失实之处，一心想独揽人事大权的元载提出，选拔六品以下的官员，吏部和兵部负责分好等级后将名册上报即可，不必履行审核义务。代宗同意了元载提议，却遭到其他大臣的激烈反对。时任上封章言事者（谏官）李少良向代宗秘密举报元载劣行。元载知道后，诬陷李少良，将李少良等人全都害死。至此之后，官员人人自危，皆不敢再议论元载的是非。平日与元载交好的官员，但凡心中还存道义者，也都疏远元载。

第三宗罪：修建豪宅楼宇，生活奢靡无度。官位、权力已经不能满足元载日益膨胀的欲望，在生活上，元载也极力追求奢华和排场。元载不仅在首都长安的城南和城北修建了豪宅，还在近郊拥有数十所别墅，这些豪宅楼宇不仅建筑气派壮观，而且内部装修的豪华程度无人能及。在元载被抄家后，代宗将其中的两套宅院作为各级官员的居住之处，仅这两处住宅就能容纳百余名官员同时居住，可见元载府邸的奢华之甚。在元载的数十所联排别墅内，养着衣着光鲜的奴婢百余人，这些仆人穿着绫罗绸缎，奢靡程度难以想象。

除了修建楼宇外，元载还收受各种奇珍异宝。当时的唐朝不产胡椒，作为舶来品这种调料显得十分珍贵。《酉阳杂俎》称胡椒"出摩伽国，呼为昧履支"。摩伽"属中天竺，距长安九千多里"。如此贵重的物品，元载的家中居然囤积着六十多吨，可见当时有多少人为了讨好这个位高权重的当朝宰相费尽心机赠予其奇珍异宝，而元载来者不拒、照单全收，敛聚了大量不义之财。

第四宗罪：纵容家人享乐，族人横行朝野。元载不仅自己贪得无厌、奢靡无度，还纵容家人肆意妄为。元载的家人族人为非作歹，收受贿赂、卖官鬻爵，无恶不作。如陈少游贿赂元载，就是先找到的元载儿子元仲武，委以其金帛十万贯，才得以实现自己更换职位的目的。元载上朝时，他三个儿子元伯和、元仲武、元季能在外游手好闲，做尽坏事。

元载还纵容元伯和兄弟三人各自在家中蓄养妓妾，生活淫乱不堪。据传，父子四人尤其钟爱荒淫低俗的娼优表演，父子兄弟一同观看，竟不觉羞耻。

元载权倾朝野，几乎要将皇帝的权力架空，他逐渐不把代宗放在眼里。公元770年，元载上书提议在河中府（今山西省永济县）新建中都以供代宗度假居住，代宗对这个提案表示有兴趣，遂命元载提交一份翔实方案。但元载却自作主张，直接在河中府开工建造中都，还顺便开建属于自己的府邸。代宗闻后勃然大怒，下令立即停止修建中都。元载的胆大妄为、肆意专横让代宗有了危机感，加上平日耳闻元载的种种行为，让他对元载失去了信心。但代宗宽厚仁慈，并没有立即下决心除掉元载，反而念及君臣情谊，多次苦心告诫元载。被权力冲昏头脑的元载非但不感念代宗的宽仁，反而认宽容为纵容，变本加厉。于是，越来越多的官员开始弹劾元载，揭露元载恶行，要求代宗铲除恶相。公元777年，代宗对元载忍无可忍，命令金吾大将军吴凑收押元载，同时收押了卓英倩、李待荣等元载同党以及元载的妻儿。经过审理，元载被判死罪，其妻子以及三个儿子也均被赐死。临刑前，一向风光无限的元载却提出了"愿得快死"的愿望，但他的恶行招致了太多人愤怒和怨恨，刽子手将自己的臭袜子脱下塞进元载的嘴里羞辱了他一番，方让他人头落地。

元载死后，代宗派宦官到元载的祖坟毁掉了元载祖上及其父母的坟墓，损毁里面的棺柩，扔掉供奉在私庙中的神位，任由他人践踏。正可谓家破人亡、祸及祖上。

时代造就贪婪宰相　抑是个人堕落使然？

元载生活在唐朝中后期，经历过三朝皇帝，他缘何由一个十分励志的正面典型转变为一名千夫所指的贪相？是因为当时的大环境使然，还是他自甘堕落？

元载自公元742年开始担任县尉，由他人推荐又升任大理评事、大理司直，时任皇帝为唐玄宗，此时的元载只是在大理寺中负责评审、评议案件的一名普通官员。公元755年，安史之乱爆发，756年，肃宗皇帝继位。安史之乱不仅是一场战争浩劫，使唐王朝元气大伤，国力衰退，也造成了朝中无人可用、人才短缺的局面。"时势造英雄"，肃宗急需元载这样聪慧、精通业务的人才。于是，元载就这样扶摇直上，从地方到中央，由一名不起眼的普通官员变成了皇帝器重的朝中大臣。

安史之乱后，唐王朝陷入藩镇割据的局面，中央集权被削弱，中央对地方的控制力明显减弱，地方势力膨胀，皇权受到威胁。皇帝利用宦官来制约地方权力，同时，因宦官拥立有功，皇帝赋予了宦官更大的权力，宦官专权局面形成。虽然宦官专权对于全国的影响，不像东汉和明代那样严重，但是唐肃宗时期的宦官李辅国却是历史上第一位想当宰相的宦官，足见当时宦官的地位和影响力。元载为了达到升官的目的，重金收买李辅国，李辅国卖力推荐使元载圆了宰相梦。李辅国倒台后，元载又与内侍宦官董秀相互勾结，打探代宗的喜好，以稳固自己的宰相地位。

正是这样争权夺势的残酷斗争的大环境、大背景，使元载一步步变成了无恶不作、肆意枉法的大贪官。笔者认为，时势将元载捧上宰相之位，但真正使他堕落为一名千夫所指、万人唾骂的贪相的却是他自己内心的贪念和自甘堕落。

元载出身贫寒，在未考取功名之前，他受尽了苦难和欺凌。特别是他居住在岳父家中时，受到妻子族人的歧视，让他抬不起头。早年的经历使他比一般人对金钱、权力有更大的渴望。从元载自身的性格看，他"智性敏悟""博览子史",自视甚高。同时,元载并不是一个软弱内敛的人,他有思想、敢行动,这一点从他年轻时因受妻子族人歧视而决心搬出岳父家中就可以看出。元载聪明、肯干、骄傲,同时,渴望通过金钱和权力改变自己的命运。正因如此,当机遇来临时,元载会不择手段地往上爬、不择手段地敛聚财物,甚至在他宰相职位稳固后,竟自我膨胀到连皇帝都不放在眼里,认为历代名臣中,没有一个人的才干能超越自己。

偏信谗言胡作非为　浮荣短暂自毁前程

元载娶了一位贤妻,成为他仕途发展的得力助手,但是他也娶了一位贪妾,是他在贪相路上渐行渐远的推手。根据《太平广记》记载,当元载受到歧视时,王韫秀谓夫曰:"何不增学,妾有奁幌资装,尽为纸墨之费。"在元载位居宰相后,跟他来往的都是豪门贵族,许多客人在他府门前等候接见,却不受接待。这时,王韫秀又写诗一首劝喻丈夫:"楚竹燕歌动画梁,春兰重换舞衣裳。公孙开馆招嘉客,知道浮荣不久长。"元载读了妻子的这首劝喻诗后,稍稍改变了对来访客人的冷淡态度。

元载在迎娶了美貌倾城的小妾薛瑶英后,却将贤妻的劝诫抛诸脑后。为讨得美人欢心,他变得荒淫无度、穷奢极欲。薛瑶英吃穿用度样样极致,卧室挂的是金丝帐,铺的是不招灰尘的褥子,穿的是龙绡织成的衣服。薛瑶英的家人也跟着沾光,其父亲薛宗本、哥哥薛从义、母亲赵娟,随意出入相府,仗着元载的势力到处收索贿赂。

元载初入仕途时,韦镒、苗晋卿、李希言等人对他有知遇之恩。随着元载官职的高升,巴结他的人也越来越多,他的身边因此聚集了不少人。一类是元载提拔的人,如卓英倩、李待荣等,这类人趋炎附势,对元载唯命是从;另一类是与元载官职相当且与元载交好的人,如宰相王缙等,这类人与元载同流合污,相互包庇;还有一类有道义的人,如元载的一位门客对元载的作为有所不满,遂作《都卢寻橦篇》劝诫元载,元载读了文章后一时深受感动，痛哭流涕，但之后依然没有收敛。"平素交友，涉于道义者悉疏弃之"，渐渐地，元载身边只剩下谄媚的佞友，正所谓"载、缙、炎、准，交相附会"，少了益友的直言劝告，元载更加肆意妄为。

元载一错再错，他自身当然难辞其咎，但假如元载的上司代宗皇帝在元载有贪腐堕落的端倪时，就及时制止他；假如元载的爱妾薛瑶英在元载追求奢靡时，及时劝说感化他；假如元载的朋友、门客更多地规劝他，让他能够悬崖勒马、浪子回头，或许历史上会少一个贪相。可惜这些只是假设，并不能改变元载臭名昭著的历史事实。

为官当权莫起贪念　清廉为民方留美名

明代文学家屠隆对元载的评价是"一生贪婪，酷好积聚，财利迷心，不顾后患。"元载担任宰相十六年，他为代宗铲除专权宦官，巩固了皇权；他的文学造诣相当高，著有文集十卷；他提拔任用理财能臣刘晏、杨炎，为唐朝的财政改革、经济发展提供了人才；他虽为文臣，对军事策略却也十分精通。可是这些元载在任期间的功绩，与元载的"四宗罪"相比，简直是不值一提。

"德胜才，谓之君子，才胜德，谓之小人。"元载徒有聪明才智，却未将智慧用于协助皇帝治理国家，扮演好一个宰相的角色，反而选择了一条贪污腐化的道路，并在这条路上渐行渐远，最终走上了不归路。他留给后人的是从他的豪宅抄出六十多吨胡椒的震惊，是祸及祖宗的骂名。他的人生经历对于现代社会来说，也有很大的教育和警示意义。

少年元载勤奋苦读，为的是考取功名、改变寒门的命运。随着年龄的增长，经历的丰富，他得到的东西、掌握的资源越来越多，在纷繁复杂的社会中，往往容易迷失自己。元载官职越来越高，自我膨胀、欲壑难填，他完全忘记了自己当初考取功名的初衷，只知道一味索取、一味地占有，从而陷入腐化的深渊无法自拔。贪婪是腐败堕落的思想源泉，庄子云"贪财而去慰，贪权而取竭"，当贪欲主宰了心智，必会因为贪求权势而耗尽心力，也必会因此走向自我毁灭。懂得约束自己，将精力放在解决百姓疾苦上，才是真正的为官之道。

无论多么位高权重，唯有清廉为民，方得善始善终，芳名留世。贪腐的形态有千百种，但贪腐的下场却只有一个。切记元载"家亡而诛及妻儿，身死而殃及祖祢"的可悲下场，引以为鉴，切勿重蹈覆辙。

（程　颖）

隋唐时期贪廉小故事链接

崔戎因廉夜"逃"

崔戎,字可大,唐代博陵(今河北定州)人。崔戎在任华州刺史时,关心百姓疾苦,体察民情,一心为百姓做好事,以致临走时被当地百姓"解靴断镫",被迫只身夜"逃",成为千古美谈。崔戎初到华州时,华州专门"置钱万缗为刺史私用",崔戎对这笔钱分文不取,直到离任时,他招来属下,对他们说:"这笔钱是我在华州任刺史积累所得,全部留给军队用来改善士兵的生活。"华州百姓知道了这件事后,对他不贪财的品性大为赞赏。几年后,他被调任异地任职,得知崔戎要离开的消息后,华州百姓扶老携幼,蜂拥而至,不愿意让他离开。离任那天,华州父老乡亲无论男女老幼,停工停业,大声呼号,以至于阻断了道路,使他无法上路。一些上了年岁的老人见言语挽留不住,直接上前脱去他的靴子,弄断了他的马镫,对崔戎说:"我们解靴断镫只为了挽留住您,如果触犯了刑律,皇帝不过是杀我们几个带头前来的无用老人。只要大人还能留在华州,我们就是被杀死也心甘情愿!"一些地保乡绅还聚拢到朝廷官员面前哭诉,请求专使上奏皇帝,让崔戎留任华州。专使也深为感动,答应代为禀奏。崔戎深受感动,跪地践行,劝慰百姓不可违抗朝廷旨意,但百姓依然不肯散去,这样由白天一直僵持到黑夜。崔戎见无法脱身,迫于无奈,便借着夜色单身匹马悄悄溜走。父老乡亲们发现后,仍不甘心,挑灯追赶,追了大半夜也没追上,这才悻悻返回华州。

(田秀娟)

宇文述巧取豪夺

宇文述，字伯通，鲜卑族，代郡武川人，北周上柱国宇文盛之子，隋末枭雄宇文化及的父亲，隋朝名将。隋朝开皇初年，拜右卫大将军。因为助杨广夺取太子之位有功，隋炀帝杨广即位后，便让他直接参与朝政，并授左卫大将军，封许国公。宇文述善于逢迎，"俯仰折旋，容止便辟，宿卫者咸取则焉"。他深受隋炀帝喜爱，恩宠至极，隋炀帝每次收到各国的贡品或美食，便立即派人送往宇文述府中与之分享，以至于往返送礼的人常常在路上相遇。宇文述仗着皇帝的恩宠，贪婪卑鄙的品性暴露无遗，一些富商大贾和胡人子弟争相给他赠送金银财宝，凡是厚礼相送的，宇文述都将其封官晋级。宇文述贪心日盛，"知人有珍异之物，必求取之"，在"豪夺"的同时，他还"巧取"，动不动就收人为"干儿子"，以此变相收受贿赂，以至于宇文述家里金银财宝堆积如山。宇文述家宠妾美女有数百人，佣人更达千人以上。宇文述荣华富贵之盛，在当时无人能比。大业十二年（616年），宇文述一病不起，隋炀帝不断派人探问病情，并打算亲自去看望，后被大臣苦劝乃止。隋炀帝遂遣司宫魏氏问宇文述有何遗言，宇文述转告皇帝："化及，臣之长子，早预藩邸，愿陛下哀怜之。"隋炀帝闻后潸然泪下，道："吾不忘也。"君臣情感可见非同一般，只可惜宇文述人品不正，使这份情感成了笑料。

（田秀娟）

陆贽清贫守孝

陆贽，字敬舆，唐代苏州嘉兴人，贞元八年出任宰相。唐德宗见他一贯"苛求"自己，便下发一道密旨，责备他"清慎太过，诸多馈赠，一皆拒绝，恐事不过"。并说"如不接受贵重礼物，细小物品如鞭靴之类，受亦无妨"。但陆贽却回复道：收重礼是受贿，收薄礼也是受贿，"贿道一开，展转滋甚"，"涓流不息，溪壑成灾"。陆贽母亲去世，按唐制要守墓三年。各地藩镇官员有意巴结这位宰相，纷纷赠予厚礼。陆贽却说："我母亲去世，是我私人的事，诸位与我非亲非故，厚馈的奠礼我是绝对不收的，请诸位拿回去吧！"结果陆贽一无所取。守墓时，陆贽生活相当贫困。为了节省开支，他一直蜗居在洛阳嵩山丰乐寺里，靠着好友按月资助才渡过难关。身为宰相高官，连母亲的丧葬费用也要靠友人接济，陆贽的清正廉洁，由此可见一斑。

（吕宏伟）

王缙借佛纳财

王缙，字夏卿，唐朝宰相，尚书右丞王维之弟。王缙与其兄王维都信佛，并且"居常蔬食，不茹荤血"，"晚年常斋，衣不文采"。王维虽官至尚书右丞，但一生志存高远，半官半隐，融身于佛学修为与山水诗画间。王缙的境界则远不如其兄，首先他难以做到淡泊名利。王缙信佛不仅不能抑制内心的乖戾，同样也难以医治其性格中的贪婪。王缙在晚年打着信佛的名义，以权谋私，大量聚敛，曾修建寺庙为亡妻追福，请皇上将寺名钦定为"宝应寺"，再邀各地官员以修缮为名向他施财。王缙不仅自己利用职权借佛勒索百官，还让各路亲戚、寺中僧尼齐上阵招纳财贿。这些人丑态百出，由他们掌管的寺庙道场"若市贾然"，俨然变成了讨价还价的"交易市场"。

（吕宏伟）

宋辽金元

宋辽金元时期吏治特点

自唐灭亡到元朝建立,这期间中国广袤的大地上从没有哪一政权可以独占鳌头。宋辽金元时期是一个多民族竞争时期,狼烟四起,纷争不断。在法制建设上,宋人沿袭前朝封建法制,皇帝颁发的政令成为最重要、最常见的立法形式。与宋对峙的辽,以及后期相继的金、元王朝,受少数民族统治,多遵从习惯法。由于宋辽金元时期民族矛盾交错,这一时期的贪廉官员也呈现出浓厚的民族特色。

宋辽金元时期的史治特点之一就是注重树立正、反两个方面的典型,注重发挥楷模、榜样力量。这一时期清官性情耿直之人较多,并且讲究忠义,非常注重个人修为。宋代费枢曾撰《廉吏传》,专门收集廉吏事迹,其目的在于为各级官吏树立学习楷模,这对于廉洁为政光荣、贪污腐败可耻的风尚形成十分重要。这一时期有清官典型人物主要有:陈靖、张纶、邵晔、崔立、张逸、吴遵路、赵尚宽、高赋、程师孟、韩晋卿、叶康直、大公鼎、萧文、马人望、耶律铎鲁斡、杨遵勖、王棠、卢克忠、牛德昌、范承吉、王政、张奕、李瞻、刘敏行、傅慎微、刘焕、高昌福、孙德渊、赵鉴、蒲察郑留、女奚烈守愚、石抹元、张毂、赵重福、武都、纥石烈德、张特立、王浩、谭澄、许维祯、许楫、田滋、卜天璋、耶律伯坚、段直、谙都剌、杨景行、林兴祖、观音奴、周自强、白景亮、王艮、卢琦、邹伯颜、许义夫、王旦、包拯、褚彦回、苏东坡、王安石、岳飞、司马光、寇准、陈希亮、耶律楚材、胡铨、高登、赵抃、李沆、杜衍、吕蒙正、李渤、崔群、柳宗元、阳城等。宋代是中国历史上官员待遇相对较高,也是官最好当的一个朝代，但"高薪"未能养廉，贪官冗官太多，反而造成严重的官场腐败。辽金元是少数民族统治的朝代，相关制度和文化都不是很完善，典型性和现代借鉴性并不是很强。该时期贪官最大的特点之一就是形成利益集团、贪腐圈子，位高权重的人贪腐偏多。如宋后期，出现了包括蔡京、王黼、童贯、梁师成、李彦、朱勔在内的"北宋六贼"贪腐圈。这一时期贪官典型人物主要有：赵岩、段凝、赵在礼、杜重威、苏逢吉、王峻、冯延巳、蔡京、李守信、陈璠、石守信、陈自强、王黼、耶律乙辛、王全斌、王仁赡、赵普、曹翰、王钦若、丁谓、夏竦、蔡攸、朱勔、童贯、梁师成、高俅、张俊、秦桧、王继先、韩侂胄、苏师旦、史弥远、梁成大、李知孝、丁大全、贾似道、耶律麻答、耶律乙辛、张孝杰、萧奉先、徒单恭、徒单贞、完颜文、卢世荣、纥石烈执中、察哥、任得敬、奥都剌合蛮、阿合马、桑哥、铁木迭儿、燕铁木儿、伯颜、哈麻、搠思监、朴不花等。

宋辽金元时期形成独具特色贪廉之势的原因有以下几点：

从皇帝执政风格讲，宋太祖赵匡胤"躬履俭约，常衣浣濯之衣，乘舆服用皆尚质素，寝殿设青布缘苇帘，宫闱幕无文采之饰"。开国皇帝赵匡胤对腐败官员毫不手软，但在其主政时影响较大的贪污案仍有三十多起，可见，宋代官场在建国初期就开始腐败了。宋中期，宋代贪污之风蔓延，腐败已十分糟糕，"幅员至广，官吏至众，黩货暴政十有六七"。意思是，当时宋代官场上不腐败的官员仅是少数。宋后期，官场上"廉吏十一，贪吏十九"，即百分之九十的官员都是贪官，宋徽宗赵佶时，官场几乎全烂掉了，官场"货赂公行，莫之能禁"。

从廉政和腐败惩罚制度建设讲，宋元廉政制度的重心放在扩大统治基础方面，广泛吸收地主阶级知识分子参政，坚持"取士不问家世"，打破传统的士庶之分。宋代大体延续唐代制度设御史台，但允许御史兼言职，拥有谏议的权力，形成了监察与行政的台谏合一。宋代地方主要以分割职权的办法加强监察。地方设路，路掌行政又掌监察，但重在监察。路下设四司，各掌军政刑财，也有监察之权，互不统属，职能交叉，各自对中央负责。以《刑统》为主的宋代立法，是惩处官吏腐败的主要依据，对贪赃罪的惩处尤重。元代中央设有与中书、枢密并列的御史台实施监察。在地方，元代设有行御史台和各道肃政廉访司，监察体系比较严密。以《元典章》和《大元通制》为代表的元律，对官吏贪赃枉法、行为不端、沽名钓誉等有具体的立法规定。宋元时期对违法失职的官吏处罚偏轻。宋初虽有严惩贪吏之举，但其基调一直对官吏多保障、少制裁。元代吏治荒弛，法多不施，贪官污吏多不惩革。辽金元政治制度，带有程度不同的民族主义歧视色彩，少数民族官员优待过多，纵其贪赃受贿，在一定程度上助长了贪腐之风。

从统治社会的主导思想讲，宋除了继受儒家正统思想外，黄老思想发展，形成儒道并存之势，且这一时期文化繁荣，重视教育。北宋著名思想家、文学家范仲淹一生历任多处地方官，致力兴学，在他的呼吁下，宋仁宗颁令全国州县建立学校。这一时期还提倡"民本"思想，进而推动官吏廉政行为，锄强扶弱。宋代赵抃在益州时，"蜀地远民弱，吏肆为不法，州郡公相馈饷。抃以身帅之，蜀风为变"。同时，选拔官吏过程中注重"孝""德"，宋代司马光更是提出"德为才帅"的思想。

从社会风气讲，民歌、民谣形成舆论监督，一是歌颂为人民做出贡献、政绩卓著的清官廉吏。如《宋史·包拯传》载："拯立朝刚毅，贵戚宦官为之敛手，闻者皆惮之。人以包拯笑比黄河清，童稚妇女，亦知其名，呼曰'包待制'。"二是揭露、批判官场腐败，揭露剥削阶级的残暴统治。北宋的"六贼"蔡京、王黼等公开出卖官爵，时有民谣揭露道："三千索，直秘阁；五百贯，擢通判。"[①]

从官场习气讲，这一时期官场有刚正不阿的廉洁之风，同样也有腐败之气。宋代吕本中的《官箴》说："当官之法，惟有三事：曰清、曰慎、

---

① （宋）朱弁：《曲洧旧闻》卷十，北京，商务印书馆"丛书集成初编"本。

曰勤。"① 元代张养浩在《庙堂忠告》中说:"廉以律身,忠以事上,正以处事,恭慎以率百僚,如是则令名随焉,舆论归焉,鬼神福焉,虽欲辞其荣,不可得也。"② 对于家风,北宋包拯去世前留下遗训:"后世子孙仕宦,有犯赃者,不得放归本家,死不得葬大茔中。"南宋胡安国在家书中教导儿子胡铨:"汝在郡,当一日勤如一日。"③ 体现了家风对于个人廉洁勤勉的养成有重要意义。

(杨同柱)

---

① (宋)吕本中:《官箴书集成》,合肥,黄山书社,1997年。
② (元)张养浩、杨讷:《为政忠告庙堂忠告修身》,见《吏学指南》,杭州,浙江古籍出版社,1988。
③ (宋)刘清之:《戒子通录》卷六《家戒胡文定》,台北,台北商务印书馆"景印文渊阁四库全书"本。

铁面冰心孝肃包公　青天威名千年传颂
——北宋清官包拯

"开封有个包青天；铁面无私辨忠奸"；"头上一片青天，心中一个信念，不是年少无知，只是不惧挑战"；"包龙图打坐在开封府上，尊一声驸马爷细听端的"……不论是电视剧插曲还是京剧经典唱段，每当这些熟悉的旋律响起，人们脑海中都会浮现出一个额头上印着月牙的黝黑面庞——包拯，也许大家更愿意唤他作"包公"或者"包青天"。在各类文学作品中，包拯是一个清官，他不畏强权、铁面无私、铲除奸邪，铡陈世美、审庞吉、打銮驾；他也是一个神探，洞若观火、明察秋毫，"日审阳间，夜审阴间"。那么历史上真实的包拯究竟是怎样一个人？他又有着什么样的人格魅力，使得千年后人们对于他的故事仍然兴趣不减呢？

少年老成不为戏狎　辞官尽孝亡宦十载

包拯（999—1062），字希仁，庐州合肥人。包拯出身于一个小的官宦家庭，他的父亲包令仪曾任虞部员外郎。得益于父母的教导，包拯年少时就与一般孩童不同，他并不喜欢玩乐戏耍，终日只是研读诗书，为人老成，待人接物也颇为严肃认真。真宗天禧五年（1021年），北宋前期文坛的领军人物、朝廷重臣刘筠到庐州出任知州，在任期间曾与年轻的包拯有过接触，对他甚为推崇。

天圣五年（1027年），29岁的包拯进士及第，被授予大理评事，出任建昌县（今江西南城）知县。包拯的父母年事已高，秉承"父母在，不远游"这一古训的包拯上书恳请不去建昌县履职。后来，朝廷改派包拯出任和州的监税官。和州虽与庐州相近，但那时包拯的父母在家乡静养，实在不愿再离开亲友睦邻，包拯见此情状，干脆辞去官职，一心在家侍奉。几年后，他的父母亲相继去世。按照北宋时期的礼法，父母过世，其子必须守孝三年以报答父母养育之恩，在朝为官者也应辞官守孝。而包拯不仅严守孝道礼法，在双亲的坟墓旁搭建草庐守孝三年，守丧之期届满后他仍终日悲痛徘徊，不忍离去。待到包拯从失去双亲的苦痛中恢复，重新出仕时，已是39岁的中年人，而与包拯同年中举的文彦博、韩琦、吴奎等人此时都已身居朝廷要职。包拯放弃在官场中打拼的黄金时间，亡宦十载只为尽孝，其心天地可感。

任知县巧断牛舌案　升知州不持一砚归

景祐四年（1037年），在同乡父老的劝慰勉励之下，包拯终于重新出仕，接受朝廷调派，出任天长县知县。在包拯任天长县知县期间，发生了一件耐人寻味的案子。一天，有人前来报案，称自家的耕牛无端被人割了舌头。类似这种乡邻之间的纠纷往往难以寻得头绪，最后只能不了了之。而包拯向苦主询问了情况后，便告知他回去之后不必声张，悄悄地把牛宰杀卖掉就是。苦主杀了牛之后没多久，就有人来县衙状告其私自宰杀耕牛。包拯一听，当即让衙差扣下此人，并叱问道："你既割了人家牛的舌头，怎么还敢来衙门告状？"原来根据当时的律例，私自宰杀耕牛是重罪。割牛舌之人出于报复之心，将苦主家耕牛的舌头割掉，他就躲在暗中查看苦主的反应，终于发现苦主将耕牛宰杀贩卖，触犯了不得私自宰杀耕牛的规定，便满心欢喜地到衙门去告状，其用心之险恶，昭然若揭。割牛舌的人听了包拯的分析，又是吃惊又是佩服。包拯对作案人心理的把控十分精准，小小的牛舌案中，包拯的断案能力便可窥知一二。

康定元年（1040年），包拯升为殿中丞，出任端州（今广东肇庆）知州。端州出产的端砚，是中国的四大名砚之一，唐朝时期便已被列为贡品。而端砚之珍贵又在于其砚石开采之艰辛和制作工艺之繁复。小小一方砚台凝聚了矿工、匠人无数的汗水甚至生命。本来朝廷征敛的端砚数量有限，工匠们尚能勉力维生，但包拯之前的那些知州无视工匠们的艰辛，经常假借上贡的名义，征收数十倍于贡品数量的砚台用以自己讨好权贵，工匠们被压榨得苦不堪言。包拯上任后，了解到工匠们的辛苦，只要求工匠们按照朝廷上贡的数目制造，绝不为满足一己私欲而加重工匠负担。直至任期届满，包拯也从未拿过一块砚台回家。工匠们感念包拯，在他离任之时纷纷前来相送。

包拯复官时曾写下一首五言律诗以明志："清心为治本，直道是身谋。秀干终成栋，精钢不作钩。仓充鼠雀喜，草尽狐兔愁。史册有遗训，无贻来者羞。"事实证明，包拯言出必行，绝对无愧于自己的诺言。

身历改革务实敢言　体恤民生惠及百姓

宋朝的建立结束了五代十国割据混乱的局面，及至宋仁宗，国家的政治、经济、文化发展达到了繁盛时期。但此时的宋朝，仍面临着西北边疆日益强大的夏和北方长期蠢蠢欲动的契丹。同时，建国之初采取的很多政策已不适应国家发展，冗官、冗兵、冗费等问题日益严重，甚至多次发生起义暴动，时人也很关注这些问题。

庆历三年（1043年），宋仁宗在范仲淹等人的支持下推行"庆历新政"。然而迫于各方压力，第二年"庆历新政"便宣告失败。大约也在这一时期，包拯被授为监察御史里行，改任监察御史。北宋时期的监察御史隶属御史台下设的察院[①]，品级虽然不高，但负责监察各级官员，反映舆情。包

[①] 龚延明、季盛清：《宋代御史台述略》，载《文献》，1990（1）。

拯结合自身为官的经历，务实敢言，即使在"新政"宣告失败后，也能正确地评价"新政"，不盲从打压，还帮助继续推行"新政"中有利于国家政治、经济改革的政策。在吏治方面，宋一直以来抑武崇文，而包拯则认为朝廷选用人才不应拘泥于文武差异、身份尊卑，要敢于重用有真才实学的人。同时，他支持完善科举制度，请求朝廷对补荫弟子实行考试筛选；在边防方面，曾出使过契丹的包拯认为，宋虽已与契丹、夏达成和议，但绝不能放松警惕，应当选拔军事干将，加强兵士训练、粮草储备，继续充实和巩固边防；在财政方面，包拯要求澄汰冗杂、精简支出项目，支持盐法改革、扶植工商业。他曾被朝廷派往陕西了解汝州知州范祥提出的盐法改革方案，在深入了解新法的实际应用情况，并采用了发展的眼光看待新法之后，决定向朝廷推荐新法，帮助范祥推行改革，使本来颇有波折的盐法改革最终得以延续；而在改善民生方面，包拯更是坚持以民为本，从不做表面功夫，而是身体力行地解决实际问题。

庆历六年（1046年）至庆历八年（1048年）包拯历任京东、陕西、河北转运使等职。在此期间，包拯发现一些地方强制摊派的情况甚为严重，如专门置办朝廷造船用木材的秦陇斜谷地区和负责提供造河桥所用竹索的七个州，当地官府打着朝廷的旗号随意向老百姓征取，常常多达几十万，百姓不堪重负、怨声载道。包拯了解到实际情况后便上奏朝廷，停止了这些摊派，使得百姓负担大为减轻，能够安居乐业。

嘉祐元年（1056年），包拯任开封知府。贯穿京师的惠民河本是连接漕运的通道，但朝中有权势的官员和京城的名门望族倚河私建亭台楼阁，致使河道堵塞，不时泛滥决堤。权贵们素日间享受歌舞升平，却使得百姓因洪灾流离失所。于是，包拯上书要求将河边的亭榭楼台悉数毁掉，疏通河道。有些权贵声称自己持有地契，是合法使用，包拯就率人实地勘察，发现有人弄虚作假，便一律上书弹劾。最终，惠民河道被疏通，真正成为"惠民"之河。类似的事情不胜枚举，包拯每到一处任职，总能为民生计，革旧除弊，惠及百姓。

面叱仁宗七弹王逵　立身刚严妇孺皆知

了解民间疾苦的包拯对贪官庸吏深恶痛绝，他对这类官员的弹劾一向不留情面，即使对方的后台是皇帝、后妃，包拯也毫不畏惧。张尧佐是宋仁宗宠妃张贵妃的伯父，几年间便从一个小小县官升迁至三司使，掌管国家财政，但此人实则凡庸，并不能担大任。包拯等人数次上书弹劾，仁宗都未加理会。皇祐二年（1050年），宋仁宗罢免了张尧佐三司使之职，却要任命他为宣徽南院使、淮康军节度使、景灵宫使及同群牧制置使。这次任命引起了极大的争论，朝堂之上，右司谏张择行、唐介和包拯等台谏官们向仁宗诤谏，尤以包拯最为恳切，他据理力争，力陈朝廷用人唯亲的不妥之处。在包拯等人的据理力争之下，仁宗"卒夺尧佐宣徽、景灵二使"，还承诺"后妃之家毋得除两府职任"[①]。

当时，有一部分言官热衷于指摘无关紧要的小节上奏弹劾官吏，还相互标榜、自诩高明，而包拯对于肃贪治疴的执着说明他是出于本心地厌弃贪腐苛政之风。王逵，进士出身，历任湖南、江西、湖北、河东等多路转运使，每至一地无不横征暴敛，张扬跋扈，百姓稍有反抗，便遭其戕害。但是由于王逵与当时的宰相关系匪浅，加之他任职之地每年上缴的款粮颇丰，因此仁宗对他很是青睐。每每有人弹劾王逵，朝廷一般也不予理会，即使有所贬黜，过不多久，王逵就又能官复原职。自庆历六年（1046元），包拯开始上书弹劾王逵，指责他贪财暴戾，谄媚邀宠，盘剥百姓，无恶不作。起初，朝廷仍像对待之前的弹劾一样，要么不置一词，要么随便指派个人走走过场，无关痛痒地申斥几句了事。有一次，朝廷竟然作出了让王逵兼管州提刑司的决定，摆明了是让王逵自己调查

---

① 脱脱等：《宋史》，230页，北京，中华书局，1977。

自己。这一来，王逵更加有恃无恐，制造冤狱，将敢于说真话揭露他的官员迫害致死，震惊朝野。然而，朝廷仍旧只是作出了无关痛痒的处罚。可是包拯不放弃，继续坚持弹劾王逵，并一针见血地指出朝廷包庇纵容，王逵的罪行已然朝野皆知，朝廷却只想着遮掩蒙蔽，还拿什么取信于民？还凭什么处置其他贪官污吏？终于，包拯的七次上书弹劾换来朝廷罢免王逵的结果。消息一出，朝野上下无不拍手称快，还有人给不遗余力弹劾贪腐无能官员的包拯起了个"包弹"的雅号。

包拯不畏权贵，立身刚严，又清廉正直，颇得民心。他从不随便附和别人，更不会装模作样地取悦别人。嘉祐元年（1056年），朝廷召任包拯权知开封府，暂时主持开封府事务。包拯在开封府任职时，人们都笑称包拯比黄河水还清，就连小孩妇女也都知道他的威名，喊他为"包待制"。皇亲贵戚、得宠的宦官都惧怕他，为此都收敛不少。京城里流传一句话："关节不到，有阎罗包老。"就是说，有阎王爷和包拯看着，那些贿赂勾结之事就成不了。嘉祐三年（1058年），包拯升任谏议大夫、权御史中丞。嘉祐六年（1061年），包拯升为三司使。昔年包拯上书要求朝廷处理个别地区强制摊派的问题，如今成为三司使的包拯要从根本上解决这个问题。对于各库上贡的物品，他改摊派为买卖，特地设置榷场进行公平交易，百姓得以免遭困扰。嘉祐七年（1062年），在任上处理政务的包拯，突发重病，不治去世，享年64岁。

清心直道孝肃家风　言行一致慎始善终

包拯去世时，朝廷赠礼部尚书之职，谥号"孝肃"。"慈惠爱亲曰孝"[①]：包拯为侍奉父母亡宦十年，孝感乡里；复仕后处处为民着想，兴利革弊，又厌恶官吏苛刻之风，以忠厚宽容之道推行政务。"刚德克就

---

① 黄怀信：《逸周书校补注译（修订本）》，269页，西安，三秦出版社，2006。

曰肃"①：包拯性格严肃正直，疾恶如仇，不会随意附和别人，也不会装模作样地取悦别人，即使后来身居高位，吃穿用度也与平民无异，令人敬服。包拯一生将"孝肃"二字体现得淋漓尽致。包拯曾立下家训："后世子孙仕宦有犯赃者，不得放归本家，死不得葬大茔中。不从吾志，非吾子若孙也。"时至今日，包氏后人仍然秉承祖先留下的宝贵遗产，将家训铭记于心，实践于行。

包拯为官的智慧在于与人交往时，懂得如何选择自己的交友圈。《朱子语类》中记载了包拯年轻读书时的一个故事。包拯年轻时和一位李姓书生同在寺院读书，二人每每出入都会经过一个富商的府邸，富商多次邀请二人入内一叙，二人从未去过。一天，这个富商特地下帖邀请包拯和李书生到他家一聚。李书生接到名帖后不胜欢欣，而包拯却不为所动。李书生不懂其中缘由，包拯正色道："这人是个富商，今日你我赴宴，日后我辈在乡郡任职，如果他有所请托，想起今日的交往，我们该如何自处呢？"果然，之后包拯与李书生相继在当地任职，包拯当日的话应验了。

包拯不与富商结交，并非他不懂人情世故，正是因为懂得，才不愿意留有余地。近年查处的腐败典型案件中，几乎都能看到政府官员与企业商人超出工作范围的"勾肩搭背"。江苏省南京市原市长季建业收受贿赂的7人"朋友圈"里有6人都是商人，这些人随着季建业的仕途发展"一路相随"，季建业到哪里去当官，他们就到哪里去发财。《刑法修正案（九）》施行以来适用"终身监禁"第一人、全国人大环资委原副主任委员白恩培，在其担任云南省委书记之后，与全国各地的投资商、开发商交往频繁，内心逐渐从不平衡转变为以权谋利、以权换钱，其妻明确向企业老板提出夫妻二人的爱好和要求。广州市委原书记万庆良在全党严抓作风的高压态势下，仍然出入高档消费场所多达七十余次，而跟着那些老板们，

---

① 黄怀信：《逸周书校补注译（修订本）》，276页，西安，三秦出版社，2006。

他从来不用去想买单的事。这些人自以为是懂得人情世故、懂得生存智慧，殊不知其实只是自己贪欲作祟，才会陷入权钱交易的旋涡。包拯明白"白袍点墨，终不可湔"的道理，从立志为官之时，就严格要求自己，所以才能做到言行一致，善始善终。

奉法者强才能国强　坚定信念砥砺前行

包拯曾言："廉者，民之表也；贪者，民之贼也。"他一生弹劾过数十位贪赃枉法的官员，从民生角度出发，坚决反对贪腐苛政，他自己又能做到清心直道，身正人服。而官员腐败的问题，存在于包拯生活的年代，也存在于我们生活的时代，尤其是我国正处于深刻变革的重要时期，反腐败斗争形势依然严峻复杂。十八大以来，以习近平同志为核心的党中央坚持有腐必反、有贪必肃，对腐败"零容忍"，始终保持惩治腐败高压态势。广阔的海面在灯塔光芒的照耀下一览无遗，然而在灯塔之下，却由于塔身的遮挡，存在着一片阴影。中央纪委第六纪检监察室原副处长袁卫华是北京大学法学院的高才生，却在查处贪腐案件的过程中，多次泄露案情，换取个人利益。中央纪委法规室原副局级纪律检查员、监察专员曹立新，在吃喝、收小额购物卡这样的"小事"上没能坚持原则，由此堕入权钱交易的深渊。执法执纪者的"灯下黑"问题，是我们反腐路上需要面对的一个挑战。

习近平总书记曾多次引用战国时期法家思想者韩非子的名言"奉法者强则国强，奉法者弱则国弱"，强调全面依法治国的重要性，要求坚持用法治思维和法治方式反腐败。明朝官员李贽曾评述包拯"此等世界，此等人自少不得"。在当今社会的反腐败斗争中，像包拯这样强大的"奉法者"仍是"少不得"。

在有据可考的史书古籍中，包拯的一生并没有像小说、戏剧中演绎的那般传奇，甚至是刻板枯燥的，可为什么千年之后仍然有人不惜奔徙千里赴包公祠拜谒、为他著书立传、将他的故事一次次搬上荧屏？有人说这是所谓的"清官情结""清官崇拜"，并不值得提倡。但笔者认为南宋著名词人韩元吉在《庐州重建包马二公祠堂记》开篇的一句话或许能够更好地回答这个问题："贤者之在天下，其生也有以惠于人，则死也亦有以怀其心。"正是因为包拯生前的所作所为让时人受益、后人得惠，"包青天"的威名才能被人们传颂至今，也能够在纷繁复杂的现代社会继续激励后人循着他的脚步，坚守正道，砥砺前行。

（王佳佳）

四度为相竟为六贼之首　贪财弄权终被后世唾弃

——北宋贪官蔡京

他曾四度为相，为何最终被称为"六贼之首"？他曾学苏东坡、范仲淹筑堤治水为民兴利避害，为何最终被后世唾弃？他曾追随王安石等变法派推行新法，为何最终为改革派所不齿？他曾是宋代四大书法家之一，为何却被后世踢出？他是谁？中国历史上生命力"最顽强"的宰相蔡京是也。

后人作诗云："乱世义师围汴梁，太师蔡京说宋江。不顾宋庭官无道，只看梁朝军猖狂。饶舌欲学苏秦论，坠马只得王朗亡。小丑跳梁空一场，令人千载笑奸相！"说的正是他。他到底做了什么事，导致北宋末年流传"打破筒，泼了菜（蔡），便是人间好世界""杀了苘蒿割了菜（蔡），吃了羔儿荷叶在"这样的民谣？

蔡京（1047—1126），字元长，北宋末权奸，兴化军仙游（今属福建）人。熙宁三年（1070年）进士及第，先为地方官，后任中书舍人，改龙图阁待制、知开封府。元祐元年（1086年），司马光任宰相，下令废罢王安石推行的新法。蔡京按限令要求，于五日内在开封府所属各县全部改募役为差役，受到司马光的称赞。绍圣元年（1094年），哲宗亲政，蔡京任权户部尚书，力助宰相章惇重行新法。宋徽宗赵佶即位，蔡京被弹劾夺职，闲居杭州。宋徽宗派宦官童贯到杭州访求书画奇巧，蔡京勾结童贯，以书画达于禁中，得以重新起用。崇宁元年（1102年），他乘机排挤掉宰相韩忠彦、曾布，而为右仆射兼门下侍郎（右相），后又官至太师。

　　蔡京善于奉迎，先后四次任相，共达十七年之久。他与宦官童贯、杨戬、梁师成、李彦，权臣王黼、高俅、朱勔等，把持朝政，向宋徽宗进"丰、亨、豫、大"之言，竭全国之财，供其挥霍。设应奉局和造作局，大兴花石纲之役；建延福宫、艮岳，耗费巨万；设"西城括田所"大肆搜刮民田；为弥补财政亏空，尽改盐法和茶法，铸当十大钱。民怨沸腾，币制混乱不堪，给北宋人民带来极大的灾难。蔡京是北宋最腐败昏庸的宰相之一。北宋末年，太学生陈东上书，称蔡京、童贯、朱勔、李彦、王黼、梁师成为六贼。而称蔡京为"六贼之首"。靖康元年（1126年），宋钦宗即位后，蔡京被贬岭南，途中死于潭州（今湖南长沙）。据王明清《挥麈后录》记载："初，元长之窜也，道中市食饮之物，皆不肯售，至于辱骂，无所不至。遂穷饿而死。"

堪称大家之青年　何以踏上不归路？

　　动机是一个人做事的出发点，动机不正，便容易走歪路、走错路。蔡京的艺术天赋极高，素有才子之称，在书法、诗词、散文等各个艺术领域均有不俗表现。据说蔡京4岁就能熟背《岳阳楼记》，23岁就中了进士光耀门楣，书法自成一体，在当时已享有盛誉，朝野上庶学其书者甚多。元陶家仪《书史会要》曾引当时评论者的话说："其字严而不拘，逸而不外规矩，正书如冠剑大人，议于庙堂之上；行书如贵胄公子，意气赫奕，光彩射人；大字冠绝占今，鲜有俦匹。"甚能反映蔡京当时在书法艺术上的地位。当时的人们谈到他的书法时，使用的词汇经常是"冠绝一时""无人出其右者"，就连狂傲的米芾都曾经表示，自己的书法不如蔡京。现存世书迹有《草堂诗题记》《节夫帖》《宫使帖》，著有《保和殿曲宴记》《太清楼侍宴记》《延福宫曲宴记》各一卷，《宣和书谱》二十卷和《宣和画谱》二十卷。那么，堪称大家的优秀青年，是如何一步步走上不归路，成为百姓民谣中的大恶人的？

最大的原因，乃是动机不正。蔡京曾经学苏东坡、范仲淹筑堤治水，为百姓兴利避害。但是，他与苏东坡、范仲淹最大的不同是，他治水时想的不是为民治水，而是将筑堤功绩作为官职升迁的一个手段、一个台阶，这也就决定了蔡京只能为"一时"的好官，没有政绩，又盼天天高升，只能求助于"歪门邪道"。这时，蔡京想到了自己的胞弟蔡卞。蔡卞是蔡京同科的进士、王安石的女婿，那时已在朝中做官。于是，蔡京就靠这个兄弟进了京城，从此踏上人生不归路。

见风使舵巧钻营　用尽心机终成相

一个"坏"，不足以形容蔡京，"小人"显得更准确一些，见风使舵、投机钻营，是其一贯做派，其政治操守可见一斑。王安石主持变法时，蔡京站在了变法的队伍中，力挺新法。后来王安石新党失势，司马光做了宰相，提拔自己的旧党人物时，蔡京又站在了司马光的队伍里，尽废新法。再后来，宋哲宗，一个倾向新法的皇帝掌权，蔡京又尽废旧法，力挺章惇。王安石去世后，司马光曾经上书给朝廷，要给王安石一个公正的评价，不可全盘否定。司马光认为，若是全盘否定了王安石，社会上必然会出现一群投机之徒，新党得势，拥护新党，旧党得势，再重新站队。司马光没有明确地说是蔡京，但是，他所说的"投机之徒"和蔡京乃是惊人的相似。

后来登基的宋徽宗在初期是个广开言路、求贤纳谏的好皇帝，把这个不贤之人清理出了朝廷，贬到杭州，蔡京只好每日"北望开封"，但是他心有不甘。当时宋徽宗在杭州设有收集字画、古玩、奇珍异宝的供应局，所有这些由他的宦官童贯主持。蔡京就搭上了童贯这条线，听说童贯游玩到来，蔡京喜出望外，不分昼夜地陪童贯游玩，并以珍奇宝相赠。童贯把蔡京所画的画屏、肩带之类，不断送到宫中，徽宗见后，连连称妙，童贯又常在徽宗面前为蔡京美言，于是宋徽宗对蔡京产生了好感。通过不断地进献书画珍品来满足宋徽宗的需求，这样蔡京在宋徽宗的眼中的地位就提高了，并被重新召回到朝中为相。从此历史上最为契合的一对庸君劣相粉墨登场。

回到朝廷，蔡京如愿以偿，最终成为了宰相。蔡京深谙为官之道，深知即使才高八斗、学富五车，也比不上讨皇帝欢心重要，而且只有这样才能权位永固。为了能在朝中站稳脚跟，他开始拉拢皇帝身边的红人，除了提拔当初助自己顺利还朝的童贯之外，还提拔了一批梁师成之类的皇帝宠宦，让他们官居显位，保证同声相应，同气相求。这也就是当时宋徽宗三度废相，但最后蔡京依然稳坐宰相一位的主要原因。

身居高位露原形　穷奢极欲疯敛财

蔡京当宰相后，变乱新法，将原来王安石推行的新法加以篡改，对广大民众恣意搜刮。王安石变法时，从大地主、大商人夺取的部分剥削利益，为宋朝赠加了大批财富。据说在熙宁、元丰时，内外府库充盈，各路（"路"为宋元时期的行政区域，宋朝的路相当于明清时的省）积存的钱粮可支用二十年。到徽宗时，各地仓库还有余存。而蔡京当政后，规定各路每年向朝廷的上供额，增加到原额的十几倍，结果把各地仓储钱粮全部搜空。蔡京还暗暗假托"绍述"的名义，掌握大权，钳制天子，用条例司故事，在尚书省设讲议司，自任提举，用他的党羽吴居厚、王汉之等十余人为僚属，重要的国事，如宗室、冗官、国用、商旅、盐泽、赋调、尹牧，每事由三人负责。国家对江、淮七路茶实行专卖，盐钞法被全部改变，凡是旧盐钞都不使用，富商大贾曾拥有数十万缗，一朝化为乌有，成为乞丐，更有甚者竟赴水或吊死。淮东提点刑狱章绰见此情景对他们十分同情，于是上书说改盐钞法坑害百姓，蔡京大怒，免他的官，并铸当十大钱，陷害章绰所有的兄弟。御史沈畸等因办案不合蔡京意，有六人被捕或削官。陈馪之子陈正汇因上书触犯蔡京被处黥刑并流放到海岛。至此，无人再敢反抗，任由蔡京巧立名目搜刮民财，继续对茶农和盐商进行盘剥与掠夺。

在一系列祸国殃民的搜刮中，蔡京自己也乘机假公济私，广为聚敛，富可敌国，拥有土地50万亩。这还不够，蔡京晚年"既贵而贪益甚"，甚至不惜造假账，他既领仆射的俸禄，又首创司空寄禄钱，像粟、豆、柴草及侍从口粮都照旧赏赐给他，当时都是折支，给他的都是实物，蔡京只是用熟状上奏施行，宋徽宗并不知道，就这样领取双份的宰相俸禄，可谓贪婪无耻之极。因此，他当时就声名狼藉，为公论所不容。

宋人笔记《清波杂志》记载："蔡京罢政，赐邻地以为西园，毁民屋数百间。"意思就是说，蔡京退休以后，皇帝赐给他一片宅基，让他修建花园，他嫌宅基不够，为了扩建竟拆毁附近民屋数百间。蔡京拆迁民房有没有给人补偿呢？也许有，不过史书上说："西园人民起离，泪下如雨。"可见即使给了补偿，那补偿也很低，要不然待迁户绝不会"泪下如雨"，所以蔡京这次拆迁民房很有可能是强迫性的，不是出于待迁户自愿，而最终建成的西花园奢华甚至超过皇帝的东园。

蔡京个人生活也非常奢靡，他非常喜欢吃一种食物，叫"蟹黄包子"。蔡京每次待客，单纯包子就要花掉一千三百贯钱，要知道北宋的宰相、枢密使月俸钱才三百贯，何况北宋和其他王朝比起来，是出名的"厚养士大夫"风气。宋人罗大经《鹤林玉露》丙编卷之六载：有士大夫于京师买一妾，自言是蔡太师府包子厨中人。一日，令其作包子，辞以不能。诘之曰："既是包子厨中人，何为不能作包子？"对曰："妾乃包子厨中缕葱丝者也。"这个蔡太师，就是北宋末期的大臣蔡京。根据宋人罗大经的记载可想而知，太师府的厨房里，有缕葱丝者，那也必有剥蒜头者、择韭菜者、切生姜者等各色人等。连料理作料这般粗活，都如此专业化分工，以此类推，红案白案、酒水小吃、锅碗瓢勺、油盐酱醋，更不知该有多少厨师、帮手、采买、杂工，在围着他的这张嘴转。即使当下一个五星级大饭店的餐饮部门，也未必细到连缕葱丝都由专人负责。由此可见，这位中国历史上数得着的权奸，也是中国历史上数得着的巨贪。在其当朝柄政，权倾天下，为非作恶，丧心病狂之际，那腐败堕落、淫奢糜烂的程度，到了何等地步！

蔡京自己奢侈也就算了，当时的宋徽宗是个节俭的好皇帝，他怕皇帝怪罪下来，于是开始唆使宋徽宗，大兴奢侈之风。要知道宋徽宗可是个很有品位的"书画皇帝"，他的爱好都是要花钱的，这下可好，受宰相唆使，便放纵自己，不再节俭了，导致宋徽宗最后政治上极端腐败，生活中骄奢淫逸，挥霍无度。他酷爱花石，最初，蔡京取江浙花石进呈，后来，规模越来越大，他主持苏杭应奉局，专门索求奇花异石等物，运往东京开封。这些运送花石的船只，每十船编为一纲，从江南到开封，沿淮、汴而上，舳舻相接，络绎不绝，故称花石纲。从此，花石纲成为中国历史上专运送奇花异石以满足皇帝喜好的特殊运输交通名称。由于花石船队所过之处，当地的百姓，要供应钱谷和民役，有的地方甚至为了让船队通过，拆毁桥梁，凿坏城郭，因此往往让江南百姓苦不堪言。《宋史》记载花石纲之役"流毒州县者达二十年"，据《宋史》记载：百姓服花石纲之役的，中产人家都破产，有的卖儿卖女来提供服役的费用。凿山运石，对役夫规定任务数量，十分苛刻，即使在江湖深不可测的水下有奇石，也要千方百计地取它，直到取出才罢休。蔡京便趁此时机，敲诈勒索，大发横财，给东南人民造成极大的灾难。

在这样的贪腐形势下，天下人不敢言而敢怒，方腊起义、宋江起义，如当年的陈胜、吴广起义一样，"伐无道诛暴秦"，揭竿而起。远方的金国也正在崛起，就在宋徽宗贪图享乐，歌舞升平之际，完颜一族大军南下，北宋灭亡。当然，北宋的灭亡，还有很多因素，但是骂名最深的莫过于这个蔡京，被称为"六贼"之首。他们都是导致当时江南方腊起义和金国入侵中原的罪魁祸首。

祸国殃民终遭谴　　获罪遭贬毙道中

宋钦宗即位后，为整治官场风气，以儆效尤，将蔡京流放至岭南。在被流放之初，尽管告别了京城繁华，蔡京仍然十分张扬，他把平日从百姓那里搜刮来的金银财宝装了满满一大船。在蔡京看来，钱能通神，没有了权，只要有钱，不管什么事照样可以摆平，人间秀色照样可以阅尽，山珍海味照样可以尝遍！然而他想错了，长时间的内忧外患，北宋国人饱受战难之苦，经常是流离失所民不聊生，个个确实都需要钱，但蔡京没有想到的是，尽管穷困潦倒，人们都不要其腐败贪污的臭钱。都说商人唯利是图见利忘义，但北宋的商人在对待蔡京这件事上偏偏取义弃利，在金钱面前毫不动摇，在势利方面不为所惑。一路上，开旅社的不给他开房，开饭店的不给他开餐，开小商品百货店也不卖他一块干粮。从开封到长沙，三千里外无家，三千里的路上，蔡京很难买到一口饭、一盘菜、一杯茶。到长沙，无处安歇，只能住到城南的一座破庙里，病困交加，饥寒交迫，最后写下遗言：八十一年往事，三千里外无家，孤身骨肉各天涯，遥望神州泪下。金殿数度拜相，玉堂十度宣麻，追思往日漫繁华，到此翻成梦话。最终，落得个活活饿死的下场！

最令人惊愕的是蔡京死后四十二年，竟然从他的胸部冒出一个"卍"字，"卍"字是佛祖瑞相的标记，而蔡京这样一个遭万人唾骂的贪官为何配有佛祖的瑞相？请看宋代学者《容斋随笔》作者洪迈的一篇记叙，《法苑珠林》叙佛之初生云：开"卍"字于胸前，蹑千轮于足下。又《占相部》云：如来至真，常于胸前自然"卍"字，大人相者乃往古世蠲除秽浊不善行故。予于《夷坚丁志》中载蔡京胸字，言"京死四十二年迁葬，皮肉消化已尽，独心胸上隆起一'卍'字，高二分许，如镌刻所就。正与此同，以大奸误国之人，而有此祥，诚不可晓也，岂非天崩地坼，造化定数，故地产异物，以为宗社之祸邪"。

投机钻营不值取　　勤勉清廉才是真

蔡京的故事在历史上造成了很大影响，一般来讲，历史人物都存在于史籍中，而他却进入口述文学的话本范畴，《水浒传》《金瓶梅》和《大宋宣和遗事》三部古典小说均提及他，后来又被说话人予以演绎，说明这个人物值得关注。一个曾经拥有天大的权力，曾经贪下天大的财产，曾经陪着那个帝王将北宋王朝玩到亡国的，坏到不能再坏的败类，最后竟落得被活活饿死的下场，却是谁也无法想象得到的。这样的一个离奇情节，着实匪夷所思。其侈靡豪富，其穷奢极欲，其享尽荣华富贵的一生，反差之强烈，对比之悬殊，令人咋舌，也算是开了历史先河。

蔡京的贪腐行为放到当代，亦具有代表性。一位文学造诣如此高的官员，在做人、做官方面竟然存在这么大的问题，也算是做官"有才更要有德"的一个反面典型。他毫不避讳、明目张胆地利用权力巧取豪夺、搜刮民脂，他通过巧立名目领取双份工资、为一己私利强行拆除民房、巧借政策之名肆意搜刮大发横财等，几乎与当前贪官腐败行为"不谋而同"。

蔡京的经历对于我们每一个人都有很深的教育意义。每个人生来都是为己的，只是君子爱的是自己的操守、人品，小人爱的是财、是官、是利。因此我们一定要以此为戒，时刻告诫自己做官一定要保持着单纯的动机，不可投机钻营，不能将功绩作为向上爬的工具，要认识到为官既要有才更要有德，"动机因素"比"能力因素"重要。动机和能力是人的心理品质的两个方面，按照其性质来讲，"动机因素"具有突发性，而"能力因素"具有渐进性和一定的恒定性；按照其发生来讲，"动机因素"在整个过程中应当处于源头位置，而"能力因素"是具有伴随性的；按照其作用来讲，"动机因素"属于内因范畴，"能力因素"属于外因范畴。动机必须以一定的能力来实现，良好的能力是实现动机的保证，而仅有能力，如果缺乏动机也是一潭死水。所以说，在一定意义上讲，"动机因素"比"能力因素"更重要。同时，蔡京的故事也告诉我们，为官不要站队，不要分派，更不要滥建"朋友圈"，最后只能是把自己拉下水。据《贪官诫》中介绍，蔡京提拔了的一批宦官都是东郭狼，一边笑着谄媚，一边却干着落井下石的勾当，最后蔡京的众叛亲离就毫不意外了。

　　他对当代反贪也具有很强的警示意义。选官任官，不仅要挑选有才能的，更要选择有品德的，"人品"大于"才品"，防止"能人腐败"。要注意反腐顶层设计，消除特权思想，减少权力寻租的机会。"好的制度能让坏人变好，坏的制度能让好人变坏"。蔡京的悲剧正是这句话的最好注脚。在一个政府公权无限扩大，对社会生活各个方面形成全面控制的社会中，这种权力被控制在个人手中。这样的结构下，就必然导致统治者之下的任何人，如果想要"上进"，就必须围绕统治者个人的好恶进行逢迎讨好，没有第二条路。同时，已经走上这条路的官僚，也不再有置身事外独善其身的退路。要么被体制淘汰，要么就如蔡京一样，将自己所有的才能用来为逢迎上级讨好上司服务。无论他原本是不是"好人"，结果都只有一个，就是被制度逼成"坏人"。这也是中国历史上各种奸臣层出不穷的重要原因——这正是体制本身制造出来的批量产品。

　　除此之外，我们还应反思，为何在宋代"厚养大夫"政策的大背景环境下，官员还如此腐败？"高薪养廉"在我们国家能否行得通？如何更好地设计，才能真正地实现"高薪养廉"？千载之下，回首审视蔡京这个奸臣，他带来的经验教训，尚未过时。

　　　　　　　　　　　　　　　　　　　　　　（李晓芬）

宋辽金元时期贪廉小故事链接

苏东坡礼收月季

苏东坡（1037—1101），宋朝著名文学家、书画家，为唐宋八大家之一。他在徐州担任知府时，因为官清廉、刚正不阿，深受到徐州百姓的爱戴。苏东坡50岁生日时，家人要为其祝寿，苏东坡一再制止，并嘱咐家人不准宣扬。谁料这事还是被一些在附近居住的百姓知道了。寿辰这一天，门口忽然来了一个送礼人，一袭长衫，文质彬彬，一看就是一个文人，他双手抱着一盆盛开的月季花。家人问道："请问您尊姓高名，有何贵干？"来客笑吟吟地说："我叫赵钱孙李，是来给苏大人祝寿的。"家人听罢，奇怪地笑道："哪有这样的名字呢？"来客说："我本姓赵，右邻姓钱，左邻姓孙，对门姓李，知府大人今年五十大寿，知道大人喜欢月季，大家推荐我给知府大人送一盆月月红做寿礼。"家人知道大人从不收礼，只好叫来者说出理由，那人思忖片刻，随口吟道："花开花落无间断，春去春来不相关。但愿大人常康健，勤为百姓除赃官。"家人把诗写于纸上，急忙送给苏东坡看。苏东坡一看这诗哈哈大笑，原来，客人写的诗中前两句是苏东坡自己写的诗被他巧妙引用。原诗为：花开花落无间断，春去春来不相关。牡丹最贵惟春晚，芍药虽繁只夏初。唯有此花开不厌，一年长占四时春。苏东坡赶紧出来接待客人，亲自收下那盆月季花，并当场咏诗答谢："赵钱孙李张王陈，好花一盆黎民情。一日三餐抚心问，丹心要学月月红。"

（田秀娟）

李守信畏罪自杀

北宋初期，朝廷对贪官的处罚非常严厉，"绳赃吏重法，以塞浊乱之源。""首严赃吏之禁，重者辄弃市。""弃市"就是当众斩首。宋太祖、宋太宗两朝，因犯贪赃罪而被砍头、杖杀的贪官不下五十人。宋太宗时，近臣詹事丞徐远，因为贪污公款被活活"杖杀"。有一个主管汴河槽军粮食的小官吏因为侵吞槽军的口粮，被斩断手腕，在河边示众三天后再当众处死。太平兴国五年（980年），一名县令勾结"官酒"（国营酒厂）的主管，将二百三十四贯公款塞入私囊，查实后便被判了死刑。还有当时"供备库使"（相当于今天的后勤部主管）李守信，受朝廷委派，到陕西一带采购木材。趁此机会，李守信假公济私，见财起意，"盗官钱巨万"。自以为神不知鬼不觉，哪知道被部下揭发。还没等押解回京，因害怕北宋严酷的法律制裁，李守信便在驿馆中"畏罪自杀"了。

（田秀娟）

司马光典地葬妻

司马光，字君实，号迂叟，北宋政治家、史学家、文学家，也是有名的清官。相传，司马光在洛阳编修《资治通鉴》时，居所极简陋，于是另辟一地下室，读书其间。当时大臣王拱辰亦居洛阳，宅第非常豪奢，中堂建屋三层，最上一层取名"朝天阁"，洛阳人戏称："王家钻天，司马入地。"司马光的妻子去世后，清贫的司马光无以为葬，拿不出给妻子办丧事的钱，只好把仅有的三顷薄田典当出去，置棺办丧，尽了丈夫的责任。司马光为官近四十年，且官高权重，竟然典地葬妻，其人格堪称儒学教化之典范，受人所景仰。

（吕宏伟）

石守信贪财失节

　　石守信,浚仪人,北宋开国将领。北宋开国君主赵匡胤为巩固皇权,曾上演一出"杯酒释兵权"的把戏。在一次晚朝结束后,赵匡胤邀石守信等人赴宴。席间,赵匡胤说出自己的忧虑,简言之,就是忠君事大,贪败事小,交出兵权,任你逍遥。石守信带头交出兵权,自此石守信在宋太祖、宋太宗两朝无任何战功和政绩可言,却高官厚禄、安享富贵。与此同时,他累任节镇,一心专务聚敛,竟积财巨万,成了一个不折不扣的贪官,在宋太祖、宋太宗两任皇帝的放纵和庇佑下,最终"完成了"由一名优秀将领向一介贪官庸臣的转型。

(吕宏伟)

明

明朝时期吏治特点

公元 1368 年，原红巾军领袖朱元璋在南京称帝，建立明朝。明朝处于我国封建社会后期，在不断爆发的人民反抗斗争与外来威胁的双重压力下，明统治者建立了极度中央集权的国家制度。明朝统治者面对贪官污吏巧取豪夺、法纪无存的现状，主张以严刑酷法为主，德礼教化为辅，采用极端暴力甚至残酷的刑罚手段遏制贪污腐败的蔓延，对贪官形成极大的威慑力量。历史上，在"皮场庙"众人围观之下活剥贪官人皮，然后实之以草，制成人皮草袋悬挂于官府门前以示警戒的"剥皮实草"制度，足以令贪官们闻风丧胆。

明朝已进入中国封建社会晚期，各项制度比较成熟。这时期清官既有位高权重的高官，又有普通地方官吏，这些官员不但廉洁自律更是爱民如子。明代以儒家思想科举取士，明代清官相对其他朝代更重视"士节"，以"武死战文死谏"作为个人思想追求，因此大多数清官都是直言敢谏。这一时期清官典型人物主要有：陈灌、方克勤、吴履、高斗南、史诚祖、谢子襄、贝秉彝、万观、叶宗人、王源、翟溥福、李信圭、张宗琏、李继、李湘、赵豫、曾泉、范衷、周济、范希正、段坚、陈钢、丁积、田铎、唐侃、汤绍恩、徐九思、庞嵩、张淳、陈幼学、况钟、于谦、杨继宗、海瑞、徐光启、周新、张居正、夏元吉、王翱、王竑、邢侗、许度等。由于宦官掌权，此时期贪官中宦官占了很大一部分。此外，这一时期"富商大贾、达官猾吏，自北而南，又能以其资力尽敛天下之金银而去"，结果便导致"银力已竭"。由于低薪制度，一部分官员在严刑酷法震慑下依然为保生计而贪，也是这一时期尤其是明太祖时期的重要特征。此时期主要贪官典型人物主要有：严嵩严世藩父子、王振、刘瑾、江彬、蒲一桐、胡惟庸、蓝玉、纪纲、刘观、石亨、徐有贞、汪直、尚铭、梁芳、万安、刘吉、焦芳、李广、刘宇、张彩、钱宁、郭勋、仇鸾、陆炳、赵文华、鄢懋卿、胡宗宪、张居正、冯保、张鲸、陈奉、梁永、魏忠贤、顾秉谦、崔呈秀、温体仁、薛国观、周延儒、吴昌时、刘宗敏、马士英、阮大铖等。

明代贪廉现象产生的原因有以下几种：

从皇帝执政风格讲，太祖朱元璋出身底层，对贪腐十分痛恨，重典吏治，刑罚残酷。明成祖确有雄才大略，治理朝政清明，但为人刻薄，睚眦必报。明仁宗沿用重农、用贤、惩贪的一系列政策，他宽厚待人，政治环境比较宽松平和。明宣宗虽然没有太祖开国之伟业，没有成祖开拓经营之功绩，却是个守成明主。明宣宗承继祖业，让大明帝国在自己手中平稳向前发展，他平定了汉王叛乱，稳定了国内形势。英宗为人老实，但宠信宦官王振，听信谗言亲征，导致土木堡之败，造成大明险被侵吞，可见英宗并不算一个明君。但第二次登基后，他任用李贤等名臣，也算励精图治。宪宗宠信贵妃万氏、宦官汪直和梁芳，掌握宫中大权的嫔妃及太监可以借皇帝之名，大行私利，卖官鬻爵。明孝宗"更新庶政，言路大开"，使明英宗朝以来奸佞当道的局面得以改观。明世宗信奉道教，荒废朝政，对于民间疾苦从不关心，二十多年不上朝。万历前期任用张居正改革，明朝经济社会都有了一定发展，但后期只图享受造成不良风气蔓延。明武宗时期，皇帝好逸乐，贪女色，是明朝有名的荒唐皇帝，对宦官佞臣宠信有加，致使朝政混乱。

从廉政和腐败惩罚制度建设讲，罪名上，《大明律》加强对凭借职权侵吞国家钱粮之类贪污犯罪的惩罚，刑律专设"受赃"门，《明大诰》载有惩治贪污案例43个。刑罚上，刑罚严酷，食肉寝皮，剥皮充草。设置连坐，属官贪赃，主官连坐。父亲贪赃，子孙连坐。还有耻辱刑，如在犯官身上文上"盗官钱粮"字样，耻辱终身。监督上，明初经常以各种形式劝诫官员廉洁奉公，有了完备的监察机构和地方三重监察网，有专门针对官员道德标准的严治娼妓制度，制定成文廉政法《宪纲事类》。有严密的巡按御史制度及其回避、廉洁制度和言谏监督制度，且负有监察职责的官员贪赃枉法加重处罚。另外，还建有厂卫制度，秘密监督官员是否贪腐。

从统治社会的主导思想讲，整个社会的主导思想与皇帝性格品性息息相关。明初，因饱受元朝贪官污吏的迫害，社会各个阶层都渴望政治清明、政府清廉、官员清正，所以重廉反贪占主导思想。中后期，随着皇帝执政风格的变化，反贪形势的转变，官场腐败、奢靡之风开始盛行，文献记载："正、嘉之前，仕之空囊而归者，闾里相慰劳，啧啧高之，反之，则不相过。嘉、隆之后，仕之归也，不问人品，第问怀金多寡为轻重。相与讪笑为痴牧者，必清白无长物也。"（万历《新会县志》卷二《风俗》）

从社会风气讲，明初豪强富户受到打击，小农经济复苏，农村社会较为安定。英宗之后，政治上出现了太监干政和阁臣争权，农民起义不断，同时，出现了北虏南倭之患。张居正改革后，日下的世风在明朝中后期日趋恶化。明朝中后期商品经济的发展，大大刺激了社会消费能力，奢侈成为当时社会另一个时兴风尚。上层社会官绅士子，以追求服饰时髦、豪华享受的方式展示特权，求胜竞富；下层社会的暴发户群起效尤，夸富斗富，引起整个社会形成奢侈风气。

从官场习气讲，明前期经过明太祖的严厉整肃，同时随着政治由乱而治，经济的恢复和发展，官场习气一改元末颓废。官吏注重政治利益和封建体制的整体利益，约己谨慎，办事效率提高。官僚大多能够节俭保身，一般士大夫亦多不置巨产，即使当了高官，家产也只如寒士。但是到了明中后期，官场上下竞相逐利，钱成了人们崇拜的对象。在金钱至上的氛围下，地方官僚们亦无不竞相追逐金钱，营私枉法。士大夫以往所标榜的情操廉耻，此时大多已荡然无存，谄谀请托之风大行。

（杨同柱）

兵临城下救国危　一生清白胜石灰
——明朝清官于谦

于谦（1398—1457），字廷益，号节庵，明朝名臣，经历宣宗、英宗、代宗三朝。永乐十九年进士，宣德初年被授御史之职，后被派出巡按江西。宣德五年，以兵部右侍郎巡抚河南、山西。正统十四年（1449年）土木堡之变，于谦升任兵部尚书指挥北京保卫战，打退瓦剌进攻后，加封少保，总督军务。天顺元年英宗复辟，石亨等人污蔑于谦欲另立太子，英宗听信谗言冤杀于谦。成化初年，于谦之子被赦免，于谦冤情终大白于天下，弘治二年（1489年），赐谥号肃愍。

出身名门世代书香　自幼聪慧少年立志

于谦出生于世代书香仕宦之家，曾祖父于九思在元朝官至湖南宣慰使，史书记载颇有政绩。祖父于文在洪武朝历任兵部、工部主事，父亲于仁虽未出仕，但后世评论其"性好经史，取古人之嘉言善行以为法"。又勤俭孝顺，乐善好施。作为于仁长子，于谦自小便被寄予厚望。于谦也不负其父期望，自幼聪颖，读书手不释卷，过目不忘。一次与家人清明祭扫时路过凤凰台，于谦叔父吟出上联"今朝同上凤凰台"，六岁的小于谦即应声作答"他年独占麒麟阁"，其聪慧可见一斑。更为难能可贵的是，于谦并不因天资出众而疏于刻苦学习，史载其"面壁读书，废寝忘食，濡首下帏，足不越户"①；聪慧又勤奋的于谦并不满足于当时刻板八股的教学氛围，除了学习传统的四书五经外，于谦还经常研读兵法史籍及清正之士的作品。诸葛亮、岳飞、文天祥都深受于谦敬仰，在他的书斋座侧数十年如一日地悬挂着一幅文天祥的画像，画像上还有于谦的亲笔题词，称赞文天祥"殉国忘身，舍生取义；宁正而毙，弗苟而全"。可见于谦少年时便将文天祥作为榜样，而他也用余生践行了自己的誓言。

步入仕途幸遇伯乐　义正词严初露锋芒

永乐十九年（1421年），带着报效国家的一腔热血，于谦离开家乡赴京赶考，并在路途中吟诗一首直抒胸臆："拔剑舞中庭，浩歌振林峦。丈夫意如此，不学腐儒酸。"于谦在会试中发挥出色，但因在殿试中对时政抒发不满，惹得朝廷恼羞成怒，最终仅得了三甲第九十二名，从而并未选上庶吉士，失去了进入翰林院的机会，被外放地方任职。但于谦刚烈正直、针砭时弊的性格却受到了当朝重臣杨士奇、杨荣等人的赏识，而正是这些伯乐的重用栽培，为初入仕途的于谦奠定了一个良好的基础。

明宣德元年（1426年），汉王朱高煦叛乱，宣宗平叛后，于谦奉命数说朱高煦的罪行，面对这位昔日皇族，于谦丝毫没有畏惧之色，对着朱高煦声色俱厉地细数他的罪责，竟把有谋反胆量的朱高煦吓得趴在地上瑟瑟发抖。于谦的这次小露锋芒给宣宗留下了深刻印象，再加上"三杨"等伯乐的举荐，于谦随后就被派出巡按江西，又于宣德五年被皇帝亲命为兵部右侍郎，巡抚晋豫。这是正三品的官职，相当于现在的副部级，而当时的于谦，仅仅刚过而立之年。

---

① 阎崇年：《论于谦》，载《故宫博物院院刊》，2000（1）。

兢兢业业为民造福　刚直不阿惩恶锄奸

于谦初任江西巡按时面对的是一个烂摊子，一方面此时的明朝土地兼并、赋税日重问题已开始显现，再加上自然灾害，百姓生活并不好过；另一方面，江西巡按仅为七品小吏，不但要面对地方官府多年来裙带交错的关系网，更要与位高权重的藩王交锋。然而错综复杂的形势并没有吓退于谦，于谦以一首诗表达了自己的决心："春风堤上柳条新，远使东南慰小民。千里宦途难了志，百年尘世未闲身。豺狼当道须锄殄，饿殍盈歧在抚巡。自揣匪才何以济，只将衷赤布皇仁。"①

于谦刚刚到任便着手清理积案。当时有一桩久悬未决的陈年旧案，一个平民被控告为盗匪之首被捉拿下狱，但因证据不足一直未被处斩，羁押多年。于谦认为此案漏洞百出，但此罪重可处斩，便仔细翻阅旧卷，探问勘查，终于查明控告人因与疑犯有旧仇，便诬告陷害此人，最终被冤者无罪释放，诬告者也受到了惩罚，像这种沉冤得雪的囚犯多达数百个。

宁王朱权是朱元璋的第十七个儿子，就藩江西已久，势力雄厚，加之身为皇族更是无人敢招惹。久而久之宁王府便目无法纪，常常借"和买"之名强取豪夺。所谓"和买"实际是一种变相赋税，民众稍有反抗便被硬掳至王府乱棍打死，而当地官员因惧怕宁王威势对民众的申冤装聋作哑。疾恶如仇的于谦看到这一情况挺身而出，抓捕了宁王府中二十多名作奸犯科之人严加惩治，极大消减了豪强奸吏的嚣张气焰，民众对此拍手称赞。提升为豫晋巡抚后，于谦仍不改初衷，亲自走遍了所有管辖地区探察民情，了解百姓的真实需求并立即上书。于谦为河南、山西两省巡抚，为了兼顾两地政务，他须得每年穿越太行山在两省之间来回跋涉，古代交通不发达，太行山又险峻异常，每次往返都非常辛苦，而于谦却坚持了十八年。于谦推动在晋豫两地建立开仓放粮给穷苦百姓的制度，

---

① 转引自阎崇年：《论于谦》，载《故宫博物院院刊》，2000（1）。

他还针对黄河连年决口,专设亭长负责监督修缮堤坝,带领百姓种树挖井,使当地绿茵遍地,百姓饮水难问题也得到了解决,当地群众崇敬地称他为"于青天"。

身陷囹圄不改其志　坚持原则两袖清风

1435年,大明王朝结束了仁宣之治的十年辉煌,明英宗即位。英宗十分宠幸太监王振,而王振此人十分贪财,掌权后肆无忌惮地索取贿赂,百官大臣为求官运亨通更是争相谄媚送礼,清正廉洁反而成了异类。而于谦却出淤泥而不染,官居高位却从不以此敛财,更不会向他人行贿送礼。王振因此对于谦怀恨在心,于正统六年(1441年)找了借口将于谦投入大狱,于谦在狱中仍坚持原则不向权臣低头,经常痛骂王振。百姓听闻于谦下狱,民情激愤,朝中清正之士也纷纷为于谦申冤,就连几位藩王也向皇帝上书为于谦求情。王振根本预料不到于谦人望如此之高,只好称自己搞错了,将于谦放了出来。出狱后的于谦依然不改清廉本色,曾经有人劝他至少做做样子送些土产以迎合风气,于谦以诗回应:"绢帕蘑菇及线香,本资民用反为殃。清风两袖朝天去,免得闾阎话短长!"两袖清风这个成语便由来于此。

于谦在工作中废寝忘食,身有痰症却经常住在当值的地方不回家,官邸中仅有简单的衣物用具。在生活上他淡泊简朴,"食不重味,衣不重裘,乡庐数椽,仅蔽风雨,薄田数亩,才供饘粥"[1];在性格上他安贫乐道,"修短荣枯天赋予,一官随分乐清贫"[2];在人际交往中他慎微慎独,"门第萧然,不容私谒"[3];在为官上他爱民如子,"因葬亲徒步还乡,不烦

---

[1] 张瀚:《松窗梦语》卷七,129～130页,中华书局校点本,1985年。
[2] 于谦:《初度日》,《于肃愍公集》卷三,叶一〇,明嘉靖刻本,北京图书馆善本部藏。
[3] 《明英宗实录》卷二七四,天顺元年正月丙寅,"中央"研究院历史语言研究所校印本,1962年,台北。

舆传"①；"有司牧民当体此，爱养苍生如赤子"②。

明代宗见他屋舍简陋，特意赐给他华美的府第，于谦却说："国家多难，臣子怎么敢自己安居。"但明代宗不顾于谦的推拒一再坚持，于谦只好把赏赐的财物写明来由，和华府一起封存，每年也只去看一看而已，自己仍然过着清贫简朴的生活。后于谦被冤杀，府邸被抄时并无多余财帛，唯有一些书籍。众人见于谦家正屋被锁得严严实实，以为钱财都被藏在这里，但打开一看，也只有先帝御赐的物品，且丝毫未少依旧崭新，其清廉程度连负责抄家的官吏都感叹不已。

社稷苍生转危为安　锦绣河山去而复还

正统十四年，明英宗受王振蛊惑亲征，明军精锐在土木堡几乎被全歼，英宗也被瓦剌俘获。也先的大军磨刀霍霍向北京而来，国家已到了最危难的时刻。在逃跑言论甚嚣尘上之时，于谦力排南迁众议，自请固守北京。土木堡之役折损当时朝廷所有精锐之师，北京所余的老弱残兵不足十万，无论朝廷和百姓都人人自危。于谦于国家危难之时挺身而出承担重任，请郕王调各地预备军及粮草进京，依次经营筹划部署，人心渐稳，军队士气也有了很大提升。后瓦剌军兵临城下，于谦排兵布阵，面对京城城门众多，易攻难守的局势，自请镇守形势最危险的德胜门。在于谦的指挥下，明军大胜，大明帝国得以保全。更为难得的是，战后对于谦论功行赏，于谦却说："让敌人打到京城，是做臣子的耻辱，怎敢以此邀功！"

武将石亨在战后被封世袭侯爵，但其深知功劳远在于谦之下，心中有愧便上书推荐于谦的儿子于冕升迁。于谦拒绝，并说："国家多事之时，臣子不应只顾自身。石亨不去提拔有才之人，只推荐了我的儿子，怎能说服天下人？我绝对不敢用儿子来滥领功劳。"

① 《万历杭州府志》卷七七，叶六，明万历七年刻本，北京图书馆善本部藏。
② 于谦：《收麦诗》，《于节暗诗集》卷一，叶一四，明刻本，北京大学图书馆善本室藏。

小人奸佞皇帝昏庸　一代忠魂万民共挽

于谦性格刚烈，一向不屑与懦弱无能的同僚相处，又向来仗义执言，曾因徐有贞提议弃城南迁而在朝堂上斥责过他，徐有贞自此心生怨恨。景泰八年（1457年），徐有贞联系石亨等人发动夺门之变，复立英宗为帝，并因拥立之功一时炙手可热。徐有贞、石亨、曹吉祥等人趁此时机诬陷于谦要另立太子欲将他下狱，英宗一开始有些犹豫，但因于谦涉嫌的是威胁皇权之罪，且在英宗被俘时拥立代宗为帝，为保证英宗复辟这场政变名义上的正当性，英宗虽知于谦有冤仍痛下了杀手。于谦被处死之日阴云密布，百姓都为他陈冤，就连曹吉祥的一个部下都在于谦牺牲之地痛苦祭拜，被曹吉祥鞭打仍坚持不懈。于谦死后，石亨安排亲信陈汝言继任兵部尚书，任职不到一年便恶行累累，贪污钱款"累赃巨万"。英宗悔不当初地质问石亨：于谦在景泰朝深受重用，死时却家无余财，为何陈汝言任职不到一年贪污却如此之巨？！石亨跪地不敢言。此后几年，徐有贞与石亨为夺权明争暗斗却两败俱伤，一个充军一个入狱；曹吉祥因谋反被灭族，于谦的冤情终得昭雪，追封光禄大夫、太傅，各地百姓奉祀不绝。

兵临城下力救国危　一生清白更胜石灰

于谦的一生，是大明帝国历史上的一抹亮色，可与日月争辉，是他抵御外敌使明朝避免了分裂成为第二个南宋。他既经历了仁宗、宣宗两位明君，又经历了宠幸奸佞的英宗。在他所处的时代，官场风气由清正逐渐转变为阿谀，廉洁悄然堕落为拜金，但于谦仍顾自坚守，不染一点淤泥。

于谦祖父、父亲都是品性高洁之人，"克勤克俭、同心同德、崇文重教、与人为善"的于氏家风深深烙印在了于谦的生命中。于谦的夫人董氏同样出自书香之家,系翰林院庶吉士董镛之女。董镛也是刚直不阿之人,因直言忤时贵,被降为济南教授,翁婿二人可谓性格相投。于谦与妻子感情甚笃,可惜董夫人中年早逝,于谦当时虽才四十九岁却终生未再娶妻纳妾。于谦在给妻子的祭文中写董氏"柔婉贞顺,上奉公婆,下睦邻里。吾家素贫,日用节俭,子能安之,澹而弗厌"。在于谦外任的十九年中,董夫人独自一人抚养儿女,使于谦能尽情舒展抱负而无后顾之忧。

于谦在朋友交往中始终坚持慎微慎独,从不结党营私,更是不许官员拜谒私宅。平日交往的也都是与他一样的严正刚直之士。都察院右都御史顾佐清正廉洁,被百姓比为"包孝肃",更有个"顾独坐"的雅号,称号缘由是他在担任都御史期间"独处小夹室,非议政不与诸司群坐",意气相投的二人成为知己,在遭受非议挫折时,互相安慰鼓励。

从于谦的个人轨迹来看,他自小便十分刻苦上进,但与其他同时代的学子相比,于谦除了学习四书五经,还十分喜爱研读兵法等课外书籍。这为他以后以一介文官之身指挥北京保卫战打下了良好基础。而于谦自小崇拜的诸葛亮、岳飞、文天祥更是给自己树立了鞠躬尽瘁,死而后已的榜样,偶像的力量是无穷的,对于今天的我们来说,这一点仍有很大的参考价值,从小树立一个优秀的榜样,能激励我们更好地成长。

做清官难,既是清官又是能臣者更是凤毛麟角。而于谦文武双全、智勇兼备,做文臣能直言进谏,做武将能力挽狂澜。遭奸臣诬陷不改其志,遇外敌入侵临危不乱。明代文学家屠隆这样评价他:"于肃愍谦驾驭长才,贞劲大节,生定倾危,死安义命,功存社稷,忠鉴上帝,定神气于勔襄,人乱我整,宁犯难而存国,制群奸于股掌,可发不发,宁危身以安君,完万事于一死,利害有不敢知,付公论于千秋,是非有不必辩,所谓与日月争光,可也,功固高于李纲,事更难于武穆,其当世至人耶。"

于谦的经历告诉我们,清正自有美名传,百姓心中有一杆秤,于谦遭王振诬陷下狱,百姓自发为其请命,重臣杨士奇、藩王都为他求情。于谦在北京保卫战中舍生取义甚至深深感动了与其政见一直不和的李贤。

于谦被冤杀后，李贤默默隐藏锋芒，挑起徐有贞、石亨内斗，并将这些人一一击倒，最终还了英雄清白。这些奸佞之人将于谦诬陷致死后，一度独揽大权再无节制之人，但不久之后，徐有贞被流放，石亨死于狱中，曹吉祥因谋反被灭族，均没有好下场。可见多行不义必自毙，正义终会到来。于谦的冤死虽是因奸臣蛊惑，但上位者更不应听信谗言心胸狭隘，最终造成一代忠臣命丧费尽心血保卫的城池之前。

最后仅以一诗祭奠这位六百年前的英雄：
社稷苍生危转安，锦绣河山去复还。
清正精忠虽遭陷，于公美名万古传！

（刘　畅）

贿，权倾朝野谁奈何　悔，宦海浮沉天自收
——明朝贪官刘瑾

也许，那是一个风雨交加的夜晚，被钉在剐刑架上的他早已奄奄一息，匆忙路过的行人投来的只是冷漠甚至是些许鄙夷的眼神。突然，天空中响起一声惊雷，他缓缓仰起头来，死死盯着正前方，谁也不知道他在看什么或者看到了什么。也许，他对最后抛弃了他的皇帝还存有一丝幻想；也许，他看到了一个权倾朝野、不可一世的傲慢身姿正朝他走来，目空一切的眼神让人不寒而栗。此刻他眼里噙满了泪水，是留恋、是悔恨、是愤怒、是不甘？但这是他本该有的命运！他究竟是谁？他是大明王朝由胜转衰的标志性符号，他架空六部、干预司法、强取豪夺、奴役百官，一跃成为明朝最大贪官，他就是明朝巨贪宦官——刘瑾。

清苦身世坎坷半生　投机取巧初得帝心

刘瑾（1451—1510）本姓谈，陕西兴平人，家庭清苦，六岁时便被净身送入宫中，投靠一刘姓太监，按当时习惯，改姓刘，这便是刘瑾的身世。进宫后，刘瑾的日子并不好过，干的无非是一些杂役，而且这一干便是大半辈子。但刘瑾却不同于一般的小太监，他心怀梦想，畅想未来，《明史纪事本末》记载他"常慕王振①之为人"。可见其想要执掌内廷最高权力，

---

① 王振：明朝蔚州（今河北蔚县）人，略通经书，是明朝第一个专权的太监。

干出一番大事业。在对未来无限憧憬之下，在"偶像"的激励下，刘瑾朝着大明王朝高不可攀的官阶一步一步向前爬。到了成化（明宪宗朱见深，1447—1487年）年间，年近四十的刘瑾终于迎来了人生中第一次机遇，升任教坊司大使，官职很低但他也任劳任怨。弘治元年（1488年），在一场祭祀大典中，其下属自行发挥乱改台词以致"渎乱圣聪"，刘瑾被发配到明宪宗的茂陵当私香，其实就是一守墓的。在这凄苦、悲凉的环境中刘瑾一待就是十年。但是人生最美妙之处就在于你永远不知道下一秒会发生什么。弘治十一年（1498年），太子朱厚照出阁读书，宦官扩招，刘瑾行贿著名大权监李广得以再次入宫，从此不仅刘瑾的人生被改写，就连大明王朝的历史也发生翻天覆地的变化。

通过行贿再次入宫，刘瑾算是看透了官场潜规则——金钱能带来权力，而权力可以带来更多的金钱。那么如何能攀到权力的最高峰呢？刘瑾悟出了自己的"道道"，那就是尽力讨好，溜须拍马。所以刘瑾此刻要做的就是极力讨好未来的皇帝、现在的太子朱厚照，为今后的飞黄腾达铺路。太子年龄小不爱读书，喜爱斗鸡走狗和美女。为了迎合太子，刘瑾在全国找来最雄壮的鸡、狗还有各样的美女供太子玩乐。这一招甚是管用，朱厚照继位成为皇帝（即武宗）的第一天就当场封赏刘瑾为钟鼓司司正，专管皇帝的娱乐工作，而这一职位也为刘瑾的进一步升迁创造了有利条件。武宗爱打猎，他就搜寻各式鹰、犬满足皇帝的需求；武宗爱驯豹，他就到全国各地捕猎豹子，并聘请各种驯兽师，还在北京城内修建豹房。刘瑾对武宗也算是无微不至了。但武宗的需求越来越大，他一个人也忙不过来，渐渐地他笼络了一批心腹太监，形成了以他为中心的"八虎"集团。"八虎"集团深得皇帝宠信，但也惹得官民反感。

外廷文官联名上奏　"八虎"集团化险为夷

正德元年（1505年）十月，宫廷内外爆发了一场激烈斗争，外朝大臣必欲铲除"八虎"。九卿诸大臣上言:"八虎置造巧伪,淫荡上心。或击球走马,或放鹰逐兔。或俳优杂剧错陈于前,或导万乘之尊与人交易。狎昵亵,无复礼体。日游不足,夜以继之,劳耗精神,亏损圣德。"将矛头直指"八虎",要求将他们交法司,以消祸萌。读罢,武宗"惊泣不食"。刘瑾等人此时早已惶恐不安,遂连夜起身在武宗面前跪地求饶。武宗念旧情,想要将他们"落职闲住"①,发配南京。可此时的外廷乘胜追击,密谋"伏阙面争"②,强烈要求皇帝诛杀"八虎",以绝后患。

但刘瑾似有上天眷顾,竟绝地逢生。原因有二:第一,外廷集团出了叛徒——吏部尚书焦芳。焦芳被当时的文官所不齿,认为其无德也无能,焦芳遂极力阿附阉党以求权贵,其与刘瑾的关系自然不言而喻。焦芳将外廷想要杀他的打算告诉了刘瑾,刘瑾便携自己另外几个兄弟环绕在武宗腿前苦苦哀求,大打苦情牌。第二,皇帝转变了态度。刘瑾不仅打得一手好的苦情牌,他还懂得使用离间计。刘瑾问了皇帝两个问题,第一个问题,外廷对你的行踪为什么了解得那么清楚?自然是皇帝身边出了叛徒,而这叛徒就是司礼监太监王岳。二是外廷指责我们买猫买狗,但王岳他们也买了,也进献了,为什么他们的矛头不对准王岳呢?这是在指桑骂槐,谴责皇上您虚耗民财啊。最后刘瑾说了这样一句话:"若司礼监得人,左班官安敢如是?(若司礼监和皇帝一条心,外廷文官集团哪敢如此猖獗)"听罢,武宗大怒,哪能容忍自己的亲信背叛自己,即刻升任刘瑾掌管司礼监兼提督团营,其他几人也分据要地。最终,在这场政治斗争中,刘瑾绝地反击、化险为夷,成为最后的赢家。也是从这一刻起,大明王朝迎来了它的一段黑暗史。

---

① 闲住:明清时对官吏的一种处置。指免去官职,令其家居。
② 伏阙面争:拜伏于宫阙下。多指直接向皇帝上书奏事。这里就是外廷大臣跪在武宗的宫阙外要求诛杀权宦刘瑾及他的"八虎集团"。

权倾朝野为所欲为　群臣百官怒不敢言

绝境又逢生的刘瑾接管司礼监后，一跃成为司礼监掌印太监，可谓是春风得意。司礼监掌印太监这个身份带给刘瑾的不仅是无尽的荣耀和显赫，更重要的是这个身份可以使得他与内阁共同处理军政，进一步接近皇权，取得皇帝信任。起初的刘瑾还唯唯诺诺，凡事都要奏请武宗批阅审核，但时间一长，武宗就不耐烦了，他对刘瑾说道："吾安用尔为，而一烦朕。"从此以后天下政事都是刘瑾以皇帝的名义任意裁断，这样一来地方各级官员对刘瑾是毕恭毕敬，凡事都要揣摩刘瑾的心理。据《明史·列传》记载："国朝文武大臣，见王振跪者十之五，见汪直跪者十之三，见刘瑾跪者十之八。"① 坊间也流传着刘瑾其实就是"立皇帝"的传言。

而此时的刘瑾并不满足于此，他放了三大狠招来树立自己的绝对权威。首先是打击政敌。刘瑾不仅开创了明朝暗杀、虐杀政治敌人的先河，他还积极使用廷杖这一法外刑，达到摧毁知识分子精神与体面这一目的，吴晗先生有言："折辱士气，剥丧廉耻。"其次是架空六部。正德二年（1506年）正月，他便以皇帝名义命令"吏兵二部，凡进退文武官，先于瑾处详议"。从此，六部如同虚设，刘瑾只手遮天，将官员的人生际遇玩弄于股掌之中。最后是干预司法。刘瑾不断扩张厂卫的势力范围，与此同时，他命令南京、北京都察院十三道奏折中任何奏折必须由其先审核，并命令内阁行文"天下镇守太监，得预刑名政事"。就这样，刘瑾名正言顺地介入司法，至此法律的权威与尊严荡然无存。

吸金吞银明目张胆　"千岁公公"大势已去

事业如日中天的刘瑾沉浸在权力的旋涡中不能自拔，尤其是像他这

---

① 汪直：明代权宦之一，广西大藤峡瑶族人。

种从底层一步步摸爬滚打起来的人更是表现出对权力、金钱的无限欲望，而且这种人还有一个特点就是虚荣心极强。据《皇明纪略》记载："虽元臣宿将，必曰晚生，曰门下生，而称瑾则有恩府、恩主、千岁公公之语。"刘瑾当然知道"千岁公公"只是一个一文不值的名号，但他懂得利用天下人的畏惧、谄媚心理大肆搜刮钱财。刘瑾捞钱的方式大致有以下三种：

被动受贿。对于行贿者，刘瑾是来者不拒。有的人是为了成为高官向他行贿，例如刘宇，他刚上任巡抚时，用万金向刘瑾行贿，使得刘瑾喜不自胜，此后刘宇继续行贿，一路升迁至兵部尚书的位置。有的人是怕刘瑾打击报复而向其行贿，各地官员进京朝拜述职时总要给予刘瑾"拜见礼"，如果升了官要立即使用重金"谢"刘瑾，叫作"谢礼"。送少了还不行，否则马上就撤职。官位基本上成了刘瑾手中卖钱的商品。至此明代官场开起了一条钱权通道，最终形成体制效应，官场如市场的格局最终形成。顾炎武在《日知录》中对明中期以后的官场如是评价："无官不赂遗，无守不盗窃。"

主动索贿。御史涂祯奉命到长芦盐场巡盐，刘瑾纵容自己的人去贩卖私盐，并让人向涂祯索取贿赂，但涂祯没答应。回京后涂御史见到刘瑾也就是长揖一下而不跪拜，刘瑾那狭隘的心胸怎么受得了，遂派锦衣卫将涂祯送进了监狱。涂祯也是一位好汉，谢绝了喜爱他的百姓以贿赂刘瑾搭救他的建议，被杖三十，死在狱中。刘瑾这样公然索贿的例子不胜枚举，在刘瑾的眼里索贿不仅是带来财富的捷径，也是试探官员忠贞度的法宝。但这样的做法却熔化了大明王朝的底座，腐蚀了人心。

强制进贡。像涂祯这样不为强势所屈服的人让刘瑾大为不满。为了一己私利，刘瑾索性立下规矩：什么样的官什么时候送多少钱都必须严格遵守。有人不禁要问，刘瑾之前聚敛的财富已经不少了，为何还如此贪得无厌？其实在刘瑾看来，进贡本来已经不再是一种单纯的钱权交易，而是对他的权力的一种绝对服从，而且在这种人眼里谁送了，送了多少他不记得，但要是谁没送，谁送少了他是绝对记得的，这也无不体现着一位小人物走向权贵之后的恣肆傲慢心理。

刘瑾的贪腐给其他官员树立了"榜样"。贪腐现象渗透进了大明帝国的各个环节。巡按御史代天子巡守天下，本职工作就是反贪、反腐，但他们却成为贪污腐败的主力军。万历年间的贤臣吕坤在《时政录》中记载道："使者所至，有司公行贿赂，剥上媚下，有同贸易。""民间疾苦不问一声，邑政长短不谈一语。"司法里的腐败更是导致刑讯逼供、冤假错案层出不穷。

刘瑾在权势的路上越走越远，最后竟动了篡位之心。但是，刘瑾只顾自己作威作福，没想到其他的"七虎"正虎视眈眈地注视着他的一言一行。因为他们向刘瑾要权办事时，刘瑾总是不肯照顾，时间一长，矛盾便逐渐激化。正德五年（1510年）4月，武宗派都御史杨一清和"八虎"之一的太监张永去平定安化王的叛乱。叛乱平定之后，在向武宗报告战况时，揭发了刘瑾的十七条大罪。武宗不禁大吃一惊，命令将刘瑾抓捕审问。第二天，在张永的唆使下武宗亲自出马，去抄刘瑾的家。结果发现了印玺、玉带等禁止百姓和官员私自拥有的禁物。在刘瑾经常拿着的扇子中也发现了两把匕首，武宗见了大怒，终于相信了刘瑾谋反的事实。当年八月，刘瑾被处以凌迟，即千刀万剐，共行刑三天。一代权宦竟落得如此下场，世人嗟叹之余也无一不拍手称快。呜呼哀哉！

官网交织物欲横生　以史为鉴劝君自律

刘瑾能够成为有名的权宦有着其历史的必然性，一是由于皇帝武宗沉迷玩乐，不问朝政，使得权宦乘虚而入。二是刘瑾本身善用权计，笼络帝心的同时力压政敌，使得群臣百官乃至普通百姓唯他马首是瞻。宦官擅权也成为明王朝最终走向衰败的最重要原因之一。但从古至今，也没有哪一个惹得人神共愤的人物能够站在历史的风口浪尖而屹立不倒，刘瑾悲惨的结局是历史对他作出的最好判决。

纵观刘瑾的一生颇有些戏剧色彩,从给人端茶送水的小太监一跃成为皇帝身边的大红人,生死攸关之时总能化险为夷。可以说这是刘瑾的幸运,但这也是他的处心积虑使然。从他行贿大权监李广那一刻开始便明白了官场这个大网的游戏规则——要想站稳脚跟还得形成自己的"关系网",所以他极力笼络形成了以自己为中心的"八虎"集团,更是将皇帝拉到了自己阵营中来。"关系网"似乎成了中国官场政治一个鲜明的特色,古有"八虎"集团,今有"石油帮""秘书帮"。他们利用自身的职务便利或在官场影响力,私下形成一个个或明或暗、或紧或松的"帮派团伙",在利益的驱使下形成紧密的贪腐网络,致使"塌方式腐败现象"层出不穷。官场的这张"网"是无数利益交织的结果,利益的追逐是人的物欲的外在表现,物欲不断膨胀,"网"越织越大。然而这毕竟是建立在贪腐基础之上的关系网,并非牢不可破,最"亲密"的伙伴往往是最危险的敌人,而刘瑾正是栽在了他的亲密伙伴"八虎"手里,连他最信任的皇帝在最后一刻也给了他最致命的一击。"八虎"集团、"石油帮""秘书帮"的悲惨命运也揭示出了靠关系、拉帮结派式的争权夺势是不会有好下场的这一简单道理。所以不管在政治上还是生活中,都不要试图通过所谓的关系来达到我们的目的。关系是利益的纠葛体,切勿让这张"关系网"模糊了自己的眼。

攀附权贵、拉拢关系无非是满足个人自身的欲望,而欲望是人的本能,这并不是什么难以启齿的事情。刘瑾的错不仅在于他对金钱、权力的欲望,更错在对金钱、权力的欲望太过旺盛,以致到了不择手段的地步。古人云:"欲不除,如蛾扑火,焚身乃止;贪无了,若猩嗜酒,鞭血方休。"金钱能带来权力,权力能带来更多的金钱,如此循环往复,刘瑾对权力无尽的欲望一发不可收,到最后竟然僭越皇权,心生谋反,不拿皇帝当回事。其结果自然是自取灭亡。浩瀚苍穹,斗转星移。无数的历史人物用他们的经历告诫着世人这样一个道理:"贪者必亡,廉以垂史。"鉴古而知今,可在旺盛的贪欲面前,这样的悲剧还在不断上演。2010年7月7日,重庆市司法局原局长、市公安局原副局长文强因受贿罪等数罪并罚被执行死刑。其受贿金额之多、受贿财物之杂引得社会一片哗然。说来文强的受贿手段与刘瑾颇有几分相似。身居要职的文强受人请托帮助他们调动工作、升迁职务，从中捞取不少贿赂款。之后文强对金钱的欲望不断膨胀，更是走向了主动索贿的道路，例如，重庆市劳教局官员冉某想当单位政委，文强却声称冉某不但上不去，还因在单位民主测评分低可能下派，吓得冉某赶紧送给文强50万元以保位置。后来人们发现其实冉某的民主测评分名列前茅，文强不过是吓唬他想捞好处而已。从起初的小贪小拿，到最后的主动索贿，刘瑾、文强的贪念与日俱增，最后也坠入了万劫不复的深渊。但可悲的是文强之后依旧有人在贪腐道路上跃跃欲试，大有不撞南墙不回头的"英雄"之势。对于这类人单靠道德上的自律已难以达到规制作用。廉洁仅仅靠人的自觉是不太牢靠的，靠制度更能长久。正所谓权力不受约束，如同脱缰的野马，变得无拘无束为所欲为。因而还是需要法治，对权力，对关键岗位、关键人群，用制度进行监督约束，对事不对人。用制度管人管事，才能营造风清气正良好的法治环境。因此，建立良法，加上善治，才是正理。

　　吏治不清，浊浊尘世；吏治一清，清平盛世。刘瑾、文强之流站在权力的高峰得意忘形之时，殊不知身后就是万丈深渊，自身亦是众矢之的，注定要落得个粉身碎骨。历史的车轮依旧滚滚向前，愿现今、后世的诸君真正能以史为鉴，廉洁自律，芳名永留！

（向琳玉）

明朝时期贪廉小故事链接

况钟作诗拒礼

况钟，字伯津，号龙岗，又号如愚，明代官员。封建时代少有的民本位官吏，为民减负、为民除恶、为民申冤。况钟早年曾在尚书吕震属下当个小官，因为有才华被吕震所赏识。后屡次升迁，官至苏州知府。当时，留下他三任苏州知府的美谈，他在苏州任职已满十年，当地官民两万多人向上级请求留任，最终任职长达十三年。况钟为官清正，被苏州人民称为"况青天"，有儒生作歌谣挽留他："况青天，朝命宣。早归来，在明年。"他也因此成为与包拯、海瑞并称中国民间的三大"青天"。一次百姓带着礼品前来为他饯行。况钟写了一首《拒礼诗》："清风两袖朝天去，不带江南一寸棉。惭愧士民相饯送，马前洒泪注如泉。"他还有一首饯别父老乡亲的诗也表明了做官为人心迹："检点行囊一担轻，长安望去几多程。停鞭静忆为官日，事事堪持天日盟。"正统七年（1443年）十二月，况钟病死于苏州任上，享年60岁，他死后，苏州民众痛哭罢市，他的灵柩从运河运回故里时，十里苏堤之上站满了祭奠的人。运载况钟灵柩的船上，"惟书籍，服用器物而已，别无所有"。之后，一府七县都建了况钟祠堂，百姓家中均立况钟牌位祭祀。海瑞评价他说"胜作十年救时宰相"。

（田秀娟）

江彬借机贪金

江彬,字文宜,明代宣府前卫(今张家口宣化)人。明朝武宗时期,对宦官佞臣宠信有加,致使朝政混乱,先是大宦官刘瑾专权,刘瑾被诛杀后,又出现了江彬专权的局面。江彬为人狡黠强狠,善于献媚,引诱武宗沉溺享乐,为皇帝物色民间美女,供皇帝淫乐之用。他残暴狠厉,最初担任蔚州卫指挥佥事时,农民起义爆发,江彬带兵前去镇压,把一户普通人家二十余人全当起义军杀死,以此冒功。江彬还大肆贪污受贿,培植私党,重用家人。武宗偶染风寒不幸去世后,皇太后张氏与内阁首辅杨廷和趁着江彬入宫觐见太后之机,立即逮捕了他,随后对其抄家。没想到从其家中抄出黄金70柜(每柜1 500两),白银2 200柜,金银杂首饰1 500箱,其他珍宝不可胜计。其短短时间内,江彬聚敛了这么多巨额财富,震惊了整个朝野。世宗继位后,江彬即刻被处以磔刑。转眼间,江彬身首异处,与家人阴阳两隔,所有荣华富贵均化为过眼云烟。

(田秀娟)

许度捕鱼度日

许度,生平不详,明太祖朱元璋年间曾做过常州郡守。相传,许度生平最爱吃太湖白鱼。有一次,一个渔夫为了打赢官司,挑了几条太湖白鱼送给他,许度谢绝了。渔夫不解道:"你不是喜欢吃鱼吗?为何不收?"许度答说:"收了你的鱼,我就是受贿,就可能被革职,官职、俸禄都没了,我以后还拿什么买鱼呢?不如这样,等官司打完,你教我织网捕鱼如何?"不久,案子审结,许度利用休息时间,向渔夫学会了织网捕鱼技术。一次,朱元璋巡访到常州,许度大摆鱼宴招待他,朱元璋问道:"靠你的俸禄,哪来的银子买这么多鱼?"许度说是自己亲自捕来的。朱元璋不信,便与许度一起下湖,见许度撒网捕鱼技术果然了得,朱元璋龙颜大悦,当即赏许度纹银百两。朱元璋对许度学捕鱼之事大加赞赏和推崇，致使后来许多明初地方官员都精通种植、养殖等生存之道。

（吕宏伟）

张居正以贪施政

张居正，字叔大，号太岳，幼名张白圭，明代湖广江陵人，时人又称张江陵。明朝中后期政治家、改革家，万历年间内阁首辅。明朝是宦官政治，张居正为了主宰内阁，推行改革，常与太监头子冯保勾肩搭背、眉来眼去。为了取悦冯太监，他实施"雅腐败"。《明史》记载，冯保是个多才多艺的太监，他善琴弄书。既然有这番才情，张居正便有可乘之机，他以不同方式，先后送给冯保名琴七张，件件都是"奢侈品"，随便拿出一张便值万金。为拉拢政治同盟，张居正在冯保身上不恤血本，曾累计送上"夜明珠九颗、珍珠帘五副、金三万两、银二十万两"。有了冯保这座靠山，张居正步步高升，在十年内，以尽情施展自己的政治理想。但是，被评价为大贪官，张居正也是百口莫辩。曾有人评价张居正说："他是一个天才，生于纷繁复杂之乱世，身负绝学，他敢于改革，敢于创新，不惧风险，不怕威胁，是一个伟大的改革家，他独断专行，待人不善，生活奢侈，表里不一，是个道德并不高尚的人。"

（吕宏伟）

清

清朝时期吏治特点

清朝作为中国历史上最后一个封建王朝，建立了一套有别于以前各朝的九品十九级官制，为加强中央集权，削弱、分化大臣权力，防止权臣篡位做出了重大贡献。清朝中后期由于政治僵化、文化专制、闭关锁国、思想停滞而逐渐落后。1900 年，八国联军侵华，清朝沦为半殖民地半封建社会。1911 年，辛亥革命爆发，清朝统治瓦解。1912 年 2 月 12 日，清帝被迫退位，从此结束了中国两千多年来的封建帝制。清朝经历巅峰，又跌入深谷，清朝的官员们也有因廉洁攀上道德高峰，为世人所敬仰，也有因贪婪跌入深谷，为世人所唾弃。

清朝对清官的引导大都在精神上，虽然通过各种封奖让清官"名留青史"，但是物质奖励几乎没有，清官过得比较清苦。如著名清官于成龙，他的仆从因太穷走的走，死的死，最后只剩知县一人。由于清朝官场"人情文化"太盛，清官大多在官场并不太受欢迎，做到很高职位的较少。由于清朝重视对于清官文化的倡导，清官能为老百姓谋福利，受到百姓爱戴，所以清朝的清官数量比较多，清官典型人物主要有：白登明、宋必达、陆在新、张沐、陈汝咸、缪燧、姚文燮、黄贞麟、骆锺麟、赵吉士、江皋、邵嗣尧、立鼎、荫爵、周中鋐、刘荣、陶元淳、廖冀亨、佟国珑、陆师、龚鉴、陈德荣、芮复传、蒋林、阎尧熙、蓝鼎元、叶新、施昭庭、陈庆门、周人龙、章华、李渭、谢仲埙、李大本、牛运震、张甄淘、邵大业、周克开、基渊、如泗、际华、汪辉祖、敦和、休度、刘大绅、吴焕彩、纪大奎、邵希曾、张吉安、毓昌、龚景瀚、盖方泌、史绍登、李赓芸、伊秉绶、狄尚纲、张敦仁、郑敦允、李文耕、刘体重、张琦、刘衡、姚柬之、吴均、王肇谦、曹瑾、桂超万、张作楠、云茂琦、徐台英、牛树海、何曰愈、刘秉琳、崇砥、夏子龄、世本、李炳涛、根仁、锺俊、懋勋、蒯德模、林达泉、方大湜、陈豪、杨荣绪、林启、王仁福、朱光第、冷鼎亨、孙堡田、柯劭慧、涂官俊、陈文黻、李素、张楷、王仁堪、汤斌、于成龙、彭鹏、陈璸、张鹏翮、张伯行、施世纶、郑板桥、岳起、林则徐、彭玉麟、沈葆桢、阎敬铭、俞鸿图、丁宝桢、张之洞、李卫、刘墉、翁同龢、李鹮、王尔烈等。清时期贪官污吏，遍布内外，尤其在中后期，封建王朝气数已尽，官场腐败达到顶峰，可谓"贪官污吏遍天下"。这一时期贪官特点主要有：贪污数巨大，导致国库吃紧，甚至有"和珅跌倒，嘉庆吃饱"的说法。赃款藏匿手段有别于以往朝代，由于闭关锁国到被迫打开国门，外资银行成为隐匿赃款方式之一。"低薪制"的设计使官员不得不靠灰色收入生活，钻财政制度空子。这一时期有许多大家耳熟能详的大贪官，贪官典型人物主要有：鳌拜、明珠、恒文、王亶望、李滨、陶范、诺敏、张廷璐、国泰、阿尔泰、勒尔谨、王昌、吉望、陈辉祖、福崧、郝硕、黄梅、李侍尧、和珅、安德海、李莲英、苏元春、刚毅、胡光墉、柏葰、徐陠、奕劻、张兰德等。

清朝贪廉特点的形成主要缘于以下几方面：

从皇帝执政风格讲，皇权专制不断加强和巩固。清朝非常重视官员廉洁，对于廉洁的官员大加褒奖和表彰。但同时，清朝官员的俸禄之少也广受后世诟病，常常出现清官买不起衣服、养不起孩子和父母，而贪官富可敌国的情况。

从廉政和腐败惩罚制度建设讲，清朝非常重视廉政制度建设，《大清律例》中有涉及腐败问题的条文规定，反映了统治者对腐败问题的重视。顺治十八年颁行《都察院拟监察职权条例》。清朝管理官员，除三年对外官一次"大计"和对京官一次"京察"，以及履职引见、年终陈述等外，还有一项特殊的制度——密考。此制源于康熙时期的密折奏事，正式实行于乾隆朝，一直沿用至清朝灭亡。清朝对贪腐惩罚也较为严重，乾隆朝建立第一部较为完整的监察法规《钦定台规》，还有《钦定六部处分则例》，对官员的违法乱纪行为进行处分。

从统治社会的主导思想讲，主导思想为儒家思想，可以说清朝学习汉文化，思想与明朝非常相近。倡廉树清的政治文化导向突出，主张礼法并用。清朝是少数民族统治，冲击传统等级观念，激化阶级矛盾，官场流动较大。同时随着商品经济的发展，统治者为维护统治采取了强化封建君主专制的制度，使得封建制度的发展走向畸形。思想文化方面，统治者把科举制度作为选拔官员的主要制度，科举腐败较为严重，八股取士和文字狱现象较为突出。

从社会风气讲，朝廷倡导清廉的社会风气。然而，以显达富贵为荣的现象比比皆是，但也有忠诚清廉的典范。清后期，读书人思想较为禁锢，而民间思想较为活跃，从流传下来的各种碑文、民间戏曲、故事来看，清官很受百姓爱戴。

从官场习气讲，官僚体制不断发展，朝臣朋比结党的情况不断出现。不同层面的腐败并非泾渭分明，而是彼此交叉，但核心不外乎招权揽势，以谋一己之私利，而置国计民生于不顾，寡廉鲜耻。

（蒋　丹）

为官清正造福四方百姓　性甘淡泊堪称廉吏第一
——清朝清官于成龙

康熙初年,官场风气和社会风气一度堪忧。康熙皇帝执政后,注重整顿吏治,逐步推行清官政治,贪腐风气受到遏制,官场政治渐获清明,短短几十年,呈现出清官辈出的景象。于成龙是康熙年间最具典型的清官,被康熙帝称为"天下廉吏第一",谥号"清端";百姓叫他"于青菜""半鸭知县"。在其去世后,上至皇帝、朝臣,下至广大百姓,均以各种方式隆重纪念他。晚清理学大师、名臣曾国藩的老师唐鉴在《于成龙为政辑评》中这样评价他:"天下之言清者,孰如先生?天下之言勇者,又孰如先生?曰仁曰诚,先生可无愧矣。先生,吏者之师也。"于成龙因何能受到如此高的评价,他的清廉事迹对我们后世又有哪些影响呢?

身出富贵善喜书　半途入仕执艰任

于成龙(1617—1684),字北溟,号于山,明清时期山西省永宁州人。明崇祯十二年(1639年)中副榜贡生,清顺治十八年(1661年)步入仕途,先后担任广西罗城知县、四川合州知州、湖广黄州府同知、武昌知府、黄州知府、下江防道员、福建按察使、布政使、直隶巡抚,两江总督。

于成龙出生于山西永宁州一户大富人家。家族一直信奉行善积德、因果报应等宗教理念,几代人多次捐款修建佛教道教庙宇,热衷于修桥修路、抚恤孤贫、赈济灾荒等公益事业。家族读书风气浓厚,秀才多,贡生多。成绩最好的是先祖于坦，中了举人和进士，明朝弘治年间官至大中丞，正三品。父亲于时煌也是读书人，捐了个小官，但并没有去上任，只是在家乡隐居，读书教子。于时煌要求于成龙大量读书，对经史子集各种书都要读懂弄透。于成龙自幼聪明好学，除了经史子集等书籍外，还研习程朱理学，并把高深的程朱理学总结为"天理良心"四字。于成龙青年时代曾到家乡永宁城外的安国寺读书6年之久，在寺中翻阅很多佛教经典，吸收了佛教文化知识。寺院中晨钟暮鼓，清净素食，也让富家出身的于成龙得到了一种全新体验，为日后的简朴生活打下了基础。可见读书上进、信仰宗教、重视功德、热心公益的家族风气，无疑对于成龙的思想形成和人生道路，有着重要的影响。

　　于成龙中副榜贡生时，家里已上有老下有小，家境日渐困难，无暇参加科考。为了完成孝道，于成龙直到给父亲养老送终之后才步入仕途。清顺治十八年（1661年），已45岁的于成龙，到北京参加吏部掣签，结果抽到了刚刚纳入清朝版图不久的广西省罗城县。据《于清端公政书·罗城书》记载，广西柳州之罗城，"山如剑排，蛮烟瘴雨，民有瑶、僮、伶、狼之种，带刀携枪，其性好杀"。亲友们得知于成龙要到如此偏僻野蛮之地上任，都劝他不要去。但于成龙不畏艰难，并对友人说，"我此行绝不以温饱为念，所自信者'天理良心'四字而已"。他凭着自己的英雄豪气，变卖部分家产，凑足路费，登程赴任。

半鸭知县古来殊　为政清廉举世无

　　来到罗城，情况比预想的更糟。城内断壁残垣，一片荒凉破败景象。方圆数里仅六户人家，且都是老弱病残。就连县衙也简陋不堪，屋内杂草丛生。面对活地狱般的环境，于成龙并没有退缩，他简单地布置一番，便开始在这里吃住，办理公务。在困境中，同来的几个仆从或死或逃，于成龙却以坚强的意志独自留下来。于成龙着手调查罗城现状,改革弊政,恢复民生,短短几年就把一个荒芜的罗城治理得井井有条,和平繁荣。

作为罗城的一县之长,于成龙不喜欢穿官服戴官帽,不喜欢摆官架子,常常是粗茶淡饭、草鞋布衣。他在跟老百姓打交道时,总是和颜悦色,平易近人,深受百姓爱戴。于成龙治理罗城的主要工作之一是征收赋税。民众主动缴纳赋税时,还顺带给于成龙放些钱。于成龙问缘由,他们说:"您不要火耗银,也不谋求衣食,难道就不买点酒喝吗?"于成龙很感动,便留下能买一壶酒的钱。罗城民众怜悯于成龙独身一人滞留如此凄苦之地,早晚过来问安,还凑了一点银两送去:"我们看您太清苦,送点柴米油盐钱。"于成龙谢绝:"我一个人,何须这些,拿回去孝敬你们的父母,就如同我接受了一样。"他们只好将钱带回。①

临近中秋,于成龙的儿子从山西千里迢迢到广西探望父亲,告知祖母病重,要父亲告假回乡探病。于成龙的儿子从家乡带来了一只腊鸭,给父亲下酒。但父子俩只割了半边腊鸭,草草过了中秋节。过了节,于成龙请假获准,父子上路回家时,于成龙盘缠不够,路上没钱买菜吃,只好又带着儿子从家乡带来的那半边腊鸭上路做菜肴,一路风餐露宿,回到家乡。此事传回广西,老百姓非常感动,罗县乡亲就送给他一个绰号——半鸭知县。后来有人作诗称赞他,诗曰:"半鸭知县古来殊,为政清廉举世无。倘使官员皆若是,黎民安泰乐斯乎!"

他的特殊表现获得了广西巡抚金光祖和两广总督卢兴祖的青睐。根据《清史列传》记载,卢兴祖和金光祖为于成龙撰写的保举评语是:"罗城在深山之间,瑶玲顽悍。成龙洁己爱民,建学宫,创养济院,任事练达,堪列卓异。"清康熙六年(1667年),于成龙第一次被举为"卓异",升任四川合州知州。

---

① 董群:《历代清官廉吏故事》,280~281页,北京,中国宇航出版社,2013。

要得清廉分数足　难学于公吃糠粥

于成龙在合州上任后，裁撤多余的差役，取消了轿夫车夫，拒绝上司的摊派，减免对过往官吏的接待，一切以省事节俭为上，受到了巡抚张德地的表扬。重庆知府曾经要求于成龙定期为他提供鲜鱼，于成龙写信说明合州的艰苦情况，请求知府大人从今以后不要再有类似要求，知府竟也没有责怪于成龙。清康熙八年（1669年），于成龙调任湖北黄州同知。黄州不像罗城和合州那样环境恶劣，而是一个相当富庶繁华的地方。然而，于成龙清廉自守的道德操守却始终没有降低。据《从好录》记载，于成龙在家里吃糠咽菜，厉行节约，省出了一点俸银，全部捐出去赈济灾民。于成龙不仅自己和家人吃糠粥，有客人来访，他也用糠粥招待。他至廉至俭的品行，让黄州百姓大为赞叹。有人给于成龙编了两句歌谣：要得清廉分数足，难学于公吃糠粥。

康熙十六年（1677年），于成龙升任江防道台，一年后升任福建按察使。将开船时，他叫人去买了几石萝卜。有人笑着说："虽然便宜，也不必买这么多啊！"于成龙回答："这可是我的路粮啊！"在平常人看来，千里带萝卜是件可笑之事。殊不知，清官的品德正是从小事上养成起来的。

按察使的一项重要职责是监察管理官吏，奖励推举清官廉吏，剔除惩办贪官污吏，澄清吏治。在福建，于成龙处理案件十分迅速，遇有疑难案件，必定追根问底，一律不徇私情，他办的案子无人不服。他清廉有守，坚决杜绝馈送钱财。当时福建有不少外国商人，常以送样品试用为由，向他行贿，结果都被他严词拒绝。外国人看到于成龙如此廉洁，纷纷赞叹说："我们走遍世界各地，从未见过这样廉洁自律的官员。"康熙十八年（1679年），福建总督姚启圣和巡抚吴兴祚推举于成龙为"卓异"，这是于成龙平生第三次得到这个荣誉。吴兴祚给于成龙的评语中这样写道："成龙执法决狱，不徇情面，屡申冤抑，案牍无停，不滥准一词，不轻差一役。屏绝所属馈送，性甘淡泊，吏畏民怀。为闽省廉能第一。"上报朝廷后,康熙皇帝的圣旨回复:"于成龙情介自持,才能素著,允称卓异。"当年十月于成龙升任福建布政使,掌管一省财政。

革弊陋习严饬令　清官第一于青菜

清康熙十九年(1680年),于成龙被擢升为直隶巡抚。作为直隶省长官,上任伊始,他戒令各府州县,严禁增加火耗银向上司馈送,违令者,一经查出,绝不宽容。"火耗"可以说是地方官府的"小金库",也可以是官员们的额外俸禄,用现在的话说就是"灰色收入"。因为明清时代地方官府经费太少,官员俸禄太低,于是借着"火耗"略为补贴。于成龙一向淡薄自甘,对征收"火耗"深恶痛绝。加上他是特别严于律己的清官,对下级向上级馈送礼品的事情更是深恶痛绝。为此,于成龙亲自下发了一份《严禁馈送檄》和《严禁奢靡檄》,并要求各级官吏们率先垂范,从自身节俭做起,婚丧大事的宴席典礼和日常生活用度,都要有所限制,不能过分。第二年,他入京面圣,康熙帝褒奖他"清官第一",并于当年冬,提升他为江南、江西两江总督(正二品大员),兼兵部右侍郎、都察院右副都御史。过年之后,皇帝再次加恩,将于成龙的兼衔改为兵部尚书、都察院右副都御史,成为从一品大员。

赴任两江总督时,于成龙与随行的小儿子租了一辆驴车,每人只带了几十文钱,路上自行投宿旅舍,从未烦扰沿途府县。到任后,于成龙拒绝居住在为他装修一新的府第,拒收礼品,谢绝接风洗尘之宴会。他还对州县官吏提出了六条基本要求:勤抚恤,慎刑罚,绝贿赂,杜私派,严征收,崇节俭。凡他所到之处,"官吏望风改操"。[①]

任两江总督期间,江南生活比较富裕,许多官员以纸醉金迷为荣。于成龙却每日食粗粮、青菜,被江南人称为"于青菜"。他的仆人也习

---

① 董群:《历代清官廉吏故事》,283页,北京,中国宇航出版社,2013。

以简朴，每天采摘衙门后院的老槐树叶当茶饮用。天长日久，槐树因而渐渐变秃。于成龙力倡节俭，身体力行。在他的影响下，江南各地的社会风气发生了明显变化。官僚、巨商都脱下绫罗绸缎，改穿布衣；高门大户，将大门楼改筑成小门楼，横行乡里的无赖恶霸，也都悄悄避居外地。

两江总督任上，因于成龙的副官田万侯倚势作弊，被人检举，于成龙受到降五级的处分。康熙二十三年三月，于成龙奉命巡视海境。许是风高浪急，68岁的他实在吃不消，回来身染重病。四月十八，病逝于总督府署。同僚下属来检视遗物，见只有布袍一领，靴、带各一，堂后瓮里数斗米和几瓶盐豉而已，无不泪下。消息传出后，"民罢市聚哭，家绘像祀之"。后来，凡是他做过官的地方都为他建立了祠堂，以示缅怀。康熙帝感叹道："居官如成龙，能有几耶？"遂为于成龙亲书"高行清粹"匾额，赐谥号"清端"，加赠太子太保，以示褒奖。雍正中期，入祀贤良祠。

清廉勤政忠一生　牧恩百姓富四方

于成龙虽官职越升越高，但却多年未回乡看望一家老小。作为儿子，他没有尽到孝道，就连老母去世，也未能获得批准回籍葬母。作为丈夫，他不能陪伴妻子左右，而且在当时困苦的环境下，他也不忍心让妻子陪在自己身边受苦。而作为父亲，他又过早让自己的儿子承担家庭重担。于成龙为了国家付出了一切，纵观于成龙二十余年的宦海生涯，大概可以用"忠、廉、勤、能、仁"五个字加以概括。忠，即忠于职守，忠于国事，忠于自己的工作；廉，即清正廉洁，自甘清贫，不收礼，不吃请，不劳民，不拿一分俸禄之外的饷银；勤，即勤于政事，任劳任怨，事必躬亲，不敢稍有怠慢；能，即有真才实学，无论耕种、断案、平叛，还是抚民、理政、治疆，都有突出表现；仁，即仁慈，心里装着百姓，为官一任，造福一方。

于成龙没有一个靠山，甚至不会搞一点人际关系。许多善意的同僚或上司劝他注意察言观色，学会见风使舵，搞好人情世故，但于成龙毫不为动。在他看来,做好分内的工作,上对得起提拔他的皇上,下对得起供养他的百姓,中对得起自己的良心就行了。因此,无论是地痞恶霸、乡绅权贵,还是皇亲国戚,只要是破坏国纪朝纲、欺凌平民百姓的人和事,他都敢于作坚决斗争。他刚正不阿,赢得了各处上司的褒奖和举荐,也得到了广大百姓的称道,并被后世所称颂。

于成龙清廉勤政形象的形成,还得力于一个相对清明的主流统治阶层。于成龙仕途生涯,最令人称羡的是三次被举"卓异"。而卓异官,必须以"清廉为本",所以于成龙的廉洁,是他能够升迁的根本原因。同时,要举卓异,要求上司申报。于成龙深得上司赏识,在广西罗城任知县的时候,得到两广巡抚金光祖的重视;到了湖北,又得到湖北巡抚张朝珍的大力支持;到了福建,更是得到康亲王的大力举荐。而这些重臣的背后,更有一个年轻精明、立志要干一番大事业的康熙皇帝。康熙对于成龙的行为深为嘉许,这为于成龙施展才华、实现理想和抱负创造了良好的政治环境。康熙中后期另外一位著名清官张伯行,也被康熙皇帝称赞为"天下第一清官"。同样的清官,都产生于康熙年间,不得不说是康熙帝重视倡廉肃贪的成果。

于成龙担任直隶巡抚时,官衙内挂有一副对联:"尽心尽力未能十分尽职,任劳任怨不敢半点任功",可以说是于成龙真实的写照。于成龙为官之道对当今领导干部有许多借鉴之处。我们不必像他一样为了"大家"抛弃"小家",也不必像他一样吃糠咽菜过分清苦。但于成龙清廉自持、一心为民、公正无私的精神,却值得我们学习。

于成龙的一生正如电视连续剧《一代廉吏于成龙》的主题歌所写:"你为的是天下,想的是社稷,苦了自己。你穿的是旧衣,吃的是粗米,从不在意。你爱的是百姓,恨的是贪吏,一身正气。你流的是热泪,熬的是心血,勤政不息。"

(王华英)

贪婪成性终不改　死到临头后悔迟
——清朝贪官和珅

和珅，经过电视机剧《宰相刘罗锅》和《铁齿铜牙纪晓岚》的演绎，已成为家喻户晓、老少皆知的人物。他的故事早已成为里巷茶坊的谈资，但是历史上真实的和珅是怎么样的呢？正如来华的朝鲜使臣所说："阁老和珅，用事将二十年，威福由己，贪黩日甚，内而公卿，外而藩阃，皆出其门。纳赂谄附者，多得清命。中立不倚者，如非抵罪，亦必潦倒。上自王公，下至舆儓，莫不侧目唾骂。"作为一个"局外人"，他的评价应该是较为客观和公正的，这就是清代历史乃至中国历史上的第一贪官，也是因"贪鄙成性，怙势营私，僭妄专擅"被杀的最高职位官员。嘉庆一道白绫把他锁在仅仅49岁的人生旅途上，他的谜一样的一生可以说是充满了数不清的传奇和疑问。

早年失怙知人情　奋发图强通文武

和珅（1750—1799），原名善保，字致斋，钮钴禄氏，满洲正红旗人。乾隆时期曾兼任多职，封一等忠襄公，任首席大学士、领班军机大臣，兼管吏部、户部、刑部、理藩院、户部三库，还兼任翰林院掌院学士、《四库全书》总裁官、领侍卫内大臣、步军统领等要职。为乾隆宠信之极，升官之快，官阶之高，管事之广，兼职之多，权势之大，清朝罕有。

和珅出生在清朝中叶满洲封建统治阶级中一个中上层武官家庭，出身并不低微，拥有一个三等轻车都尉的世职，所以，他具备"家世"这一顺利进入国家核心机构的必要条件。但是，和家到乾隆年间已经衰落，鲜有名的人物，由于缺乏权势，在和珅刚进入仕途时，走得并不顺利。不仅如此，早年的和珅还经历了失怙痛苦，在他三岁的时候生母因生弟弟而撒手人寰，继母不能善待和珅和他的弟弟，从此和氏兄弟相依为命，残酷的命运使和珅变得狡黠、胆大又老于世故，洞悉人情。

和珅知道，八旗子弟博学之人少之又少，要有学问才能脱颖而出，于是发奋读书，学识渐渐在满族子弟中拔得头筹。在咸安宫官学毕业时，"四书五经"烂熟于心，倒背如流，诗词书法均为上乘，诸子百家强记于心，各地风土文物、正经野史都略知一二，各朝知名人物点评也都随口而出。和珅还精通满、汉、蒙、藏等各种语言，长拳短打、骑射技击也都出类拔萃，可以说是文武全才。

才华横溢仕途达　权倾朝野"二皇帝"

和珅学业期满，迎来了人生中的第一个辉煌。当时的刑部尚书兼户部侍郎英廉观察了他两年有余，认定其将来肯定会有所作为，便把唯一的孙女嫁给了他。和珅次年继承了爵位，虽然没有通过科举考试，但在英廉的推荐下当上了三等侍卫，有了接触皇帝的机会。乾隆四十年，皇帝出行找不到黄龙伞盖，起驾不成，乾隆龙颜大怒，借用《论语》上一句话发问："是谁之过欤？"底下人没人答应，和珅鼓足勇气用《四书》里面的话回答："典守者不得辞其责！"乾隆一听觉得很惊讶，又考了和珅《季氏将伐颛臾》，和珅回答得滴水不漏。一次意外的遭遇，改变了和珅的命运，他被擢为御前侍卫，兼任正蓝旗副都统，次年即进入核心机构军机处，出任军机大臣。

和珅被乾隆皇帝赏识后，充分利用自己的聪明伶俐，极尽谄媚取宠之能事，连吹带拍，赢得了乾隆帝的欢心和青睐。他出身满族世家、年富力强、眼光敏锐、处事干练决断，可谓有经营者的眼光、政治家的阴谋、谋略家的狡诈、大商家的精明。他的迅速升迁，才能是一方面，更关键的是他擅长揣摩圣意，迎合乾隆帝的心思。此时的乾隆帝已步入老年，志得意满，自诩为一代圣君，他最喜欢的就是身边有人迎合他的自满心理。和珅恰恰摸透了这道心思，做了乾隆帝"为君父解忧，舍汝其谁"的知心红人。乾隆帝所需要的，和珅均能给予满足；乾隆帝所想的，和珅均能心领神会，并给予最有力的支持和推动。而"吃透"了皇帝心思的和珅，自然顺利成为乾隆皇帝信任的得力助手。

随着时间推移，他的权力不断增大，他27岁做军机大臣，37岁授文华殿大学士，兼吏、户、兵部尚书；47岁成为"一人之下、万人之上"的当朝首辅。从掌握财政入手，进而掌握各要害部门，把持军机处大权，由于身兼数职，集军政、行政、财政和文化教育大权于一身，达到了事业和权力的巅峰。由于经常出纳帝命，和珅实际上成了乾隆皇帝的代言人。与此同时，和珅还与皇家联姻。乾隆将爱女和孝固伦公主赐婚和珅长子丰绅殷德，和珅又将自己的侄女嫁给了乾隆的孙子。

反腐未成失信仰　　心存侥幸起波澜

刚进入仕途的时候，和珅也是一个意气风发的有志青年。他查办过一些贪污大案，如乾隆四十五年的李侍尧案。曾任云南粮储道和贵州按察使的官员海宁，揭发了云贵总督李侍尧在云南专横跋扈、贪赃枉法的事情。于是，乾隆皇帝派出了30岁的户部侍郎和珅和刑部侍郎喀宁阿，以钦差大臣身份奔赴云贵两省查案。和珅等人经过一番艰苦细致的调查工作，从审问其仆人入手，顺藤摸瓜，终于查明了李侍尧贪污、索贿、纳贿触犯刑律事实。然而，就是这么一个本应死两次都不够的巨贪李侍尧，却在八议制度下活了下来，后来立功又坐上了总督宝座。

查办了这个贪污贿赂大案之后，和珅发现贪钱这么容易，而且贪污这么多竟然也没事,他的思想受到了很大影响,人生信仰和价值观由此发生了巨大变化。这也是他人生巨大的转折,从反贪走向了巨贪。从此以后,他既没有管好自己,也没有管好自己的身边人,重蹈了李侍尧等人的覆辙。

倚仗权力收贿赂　上行下效敛钱财

和珅不仅仅工于权术,他更喜欢金钱、美女和地位。权力成了和珅贪污受贿的前提条件。在得势之后,极尽捞钱之能事,同时唆使手下爪牙,对百姓施行了敲骨吸髓般的盘剥。和珅一方面利用职务之便,大肆收取贿赂,这包括现钱银子、古玩、书画、洋货、房产、田地等项。在和珅敛财的道路上,他走的是短平快,用的是稳准狠。乾隆伸手向他要钱,他就把目光盯在下面官员的腰包上,下面的官员就吸百姓的骨髓,从而形成了"大鱼吃小鱼、小鱼吃虾米,虾米啃黑泥"的局面。和珅的身边也围绕着不少投机的官员,这些人为了升官发财,情愿把搜刮到的民脂民膏拿出来一部分献给和珅,和珅则是来者不拒,借机聚敛了大量财富。据说,江苏吴县有一个大珠宝商,将特大珍珠藏在金制的圆盒里面,外面配有精致的小木箱,一个要卖二万金。尽管价格不菲,但是一些官员还是争相购买,还唯恐买不到。有的人问这些官员:你们买如此昂贵的珠子,有什么用途啊?这些官员回答说:献给和中堂。① 和珅陪伴在乾隆身旁,御驾所经之处,即是他向各地官员勒索钱财的大好时机。和珅还利用为人帮忙的名义,索取钱财或土地、房产,他凭借朝廷的"内部消息"大发其财,每次"人情"背后都有着金钱的代价。和珅的恃权纳贿有着标杆意义。皇帝身边的红人尚且如此,其他人自然纷纷效仿,这对当时日益严重的官场腐败问题起到了推波助澜的作用。

另一方面,他利用职务之便营私,甚至在给皇帝找钱的同时也极力

---

① 纪连海:《纪连海点评乾隆名臣》,211 页,北京,当代世界出版社,2006。

捞取私利。大凡贪官,最喜欢承揽工程建设,和珅也不例外。他从皇帝扩建避暑山庄和扩建圆明园、80岁的万寿庆典工程中获取了大量的钱财。此外,和珅还在军机处内设立了密记处,实行议银罪制度,即皇上批评大臣,大臣自行认罪而主动交纳银两进行赎罪。和珅在其中私自留存了多少以为己用,就无人可知了。当时官场的贪污问题十分严重,致使乾隆皇帝也无可奈何,曾不无沮丧地说:"各省督抚中,廉洁自爱者不过十之二三,而防闲不峻者亦恐不一而足。"

此外,和珅广泛从事经营活动,不仅利用掠夺、侵占的大量土地收取高额地租,还在京城内外出租霸占或购置的大量房屋,收取高额房租。他还放高利贷,收取高额利息。

万贯家财付东流　昔日梦华付云烟

中国历史上的权臣们,虽都享受过一人之下万人之上的权力荣耀,不少人还曾拥有过富可敌国的财富,但似乎都逃不脱被杀或死后被追究的悲剧命运,和珅也不例外。

和珅之所以能把持大清政权,靠的是皇帝的绝对信任。乾隆帝寿终正寝后新帝嘉庆登位。嘉庆早就对和珅的所作所为不满,登位后第一个念头就是铲除和珅。一年的正月初四,御史广兴首先弹劾和珅,嘉庆将和珅的二十条罪状公布于众,和珅供认不讳。此前飞扬跋扈、不可一世的和珅,已经没了往日的威风,变得老老实实,听凭申办人员的摆布。多年的韬晦策略练就沉稳性格的嘉庆,在乾隆死后短短几天时间,就将不可一世的和珅彻底摧垮。和珅见大势已去,便在监狱内作了多首绝命诗后,在狱中被勒令自尽了。

他在短短二十年间,从一个默默无闻的侍卫迅速走向大清帝国权力顶峰,并从权力顶峰瞬间跌落深渊。他到死才深刻地认识到:权力是一把双刃剑,既可以给人带来梦寐以求的荣华富贵,更可以瞬间给人带来杀身之祸。[①] 同时，查抄和珅的家产的行动也开始展开。经查抄，家资高达九亿两白银，相当于当时国库十年的总收入。和珅被籍没后，家产全部充归国库，民间也就有了"和珅跌倒，嘉庆吃饱"的说法。

读罢贪官和珅记　借古喻今有所思

我们站在历史的岸边，不仅仅是对清官、对伟大的人物顶礼膜拜，也不仅仅是对贪官、对卑劣的历史人物咬牙切齿。当年风光无限的和珅离我们越来越远，他的故事却越发引起我们的思考。

一思权力，绝对的权力导致绝对的腐败。和珅其贪污腐败的最大资本在于其"一人之下，万人之上"而受不到制约的权力和地位。用和珅的话说"可以大肆贪污而不被问罪"。贪欲如火，不遏则燎原。当一个人身处高位、心陷欲海时，是听不进任何别的声音的。尽管夫人冯氏和长子丰绅殷德和公主都曾劝过他金盆洗手，其子丰绅殷德甚至搬出戏班排出一出讽喻戏来劝诫父亲，可是权力和财富的魔障已经把和珅的双眼和耳朵挡得严严实实，他一点都听不进去。能让和珅改变的不是他敬爱的夫人冯氏，不是他疼爱的长子丰绅殷德，更不是他宠爱的几个小妾，唯一能劝和珅的只有自己，只有他自己才能救自己。即使你拥有整个世界，一天也只能吃三餐，每晚也只能睡一张床，这个简单道理和珅在入狱身死之时才有所感悟。永不知足是一种病态，病因在于对权力、地位、金钱永不满足的欲望，这种病态发展下去，就会变得贪得无厌，其结局就是自我毁灭。和珅的贪婪不仅有个人的罪恶，当时的历史环境和乾隆皇帝的放纵也是这条大蛀虫得以生存的原因。由此，在反贪污腐败的过程中，更重要的是把权力放进制度的笼子里，同时保持反腐高压态势，对于腐败，不管涉及什么人，不论权力大小、职位高低，都要一查到底、绝不姑息。

---

① 陈连营：《和珅的权力之梦》，327 页，北京，东方出版社，2008。

二思能力，和珅绝对是个"能人"，"能人"腐败的根源还是缺乏监管。年轻的和珅有过不少作为。其实，绝大多数贪官并不是一开始就大贪特贪的。古往今来，凡是"大"贪官，大多有一个好的开始。只是随着时间推移，他们权力增大，步步高升，欲望膨胀，心态发生变化，逐渐走入贪渎的深渊，由"人上人"变成了"阶下囚"。现在能人腐败的例子也有很多，比如原铁道部部长刘志军。刘志军是个贪官，但也是一个能干有成就的贪官。刘志军因为祖上家里有过雇工，因此被划为富农，阶级成分不好，当初进入铁路系统很曲折。他从最底层干起，付出比一般人更多的努力和勤奋，最终成为国家正部级领导干部。在他任上，铁路行业取得了突出成就，推动中国建起了"四横四纵"高铁网络，让世界见证了中国速度。只可惜，辉煌的成就并没有阻止他走上贪腐之路，当年勤奋进取的年轻人在年过花甲之时变成了阶下囚，令人痛惜。

三思侥幸，亏心之事不要做，侥幸心理要不得。一个官员贪污受贿不一定马上被发现，但量的积累必然引起质的变化。"莫伸手，伸手必被捉"。官员切莫有侥幸心理，这是千古不破的真理。很多的官员在为官之道上，一开始能保持廉洁公正，但是随着诱惑的增多，心态就发生了改变，犹如和珅一样，开始向周围的人"学习"。由此一来，一步步进入深渊，开始了腐败的历程，最终导致身败名裂。此种案例不胜枚举。借用一句名人的话："贪欲的开始就意味着将在牢狱里结束。"虽然乾隆皇帝在位的时候春风得意，满屋金银珠宝供其享用，但是嘉庆皇帝继位之后，他所有的贪腐所得就成了勒住自己脖子的绳索。

和珅的故事已经过去两百多年，留下的是他曾经拥有的偌大府第，还在不断地向人们诉说着和珅的一生，提醒我们以古为镜、以史为鉴。

（李　佳）

清朝时期贪廉小故事链接

李卫立牌揭贪

李卫,字又玠,江苏铜山(今徐州市)人。初捐纳为员外郎,康熙五十六年(1717年)迁户部郎中。雍正二年(1724年),升云南布政使仍管理盐务。雍正三年(1725年),升任浙江巡抚。此后,先后历任总督、刑部尚书、直隶总督等职,历经康熙、雍正、乾隆三朝。李卫是用钱捐来的官,不是科班出身,大字不识几个,但为人正直、公正清廉,不畏权贵,政绩斐然。他在雍正十一年(1733年),弹劾了时任内阁首辅保和殿大学士鄂尔泰之弟、步军统领鄂尔奇。在乾隆二年(1737年),弹劾了诚亲王府护卫库克。乾隆三年(1738年),又弹劾了河督朱藻。每次弹劾都查证属实,因此深得圣心。李卫任户部郎中时,管理银库事务,有位亲王的下属对于收缴的白银都要在每千两额外加收十两作为库平银,实际上就是亲王借机揩油,李卫屡次谏阻他都不听。于是,李卫就在走廊上放置一个柜子,上写四个字"某王赢钱",指明了就是非法收入,使得这位亲王羞愧难当,立即下令停收库平银。李卫积劳成疾,乾隆皇帝派御医前去为他诊治。病死之后,乾隆皇帝按总督例赐予祭葬,谥号"敏达",并对他评价道:"李卫才猷干练,实心办事,宣力封疆……今闻溘逝,深为悼念。"

(田秀娟)

柏葰舞弊贪银

柏葰，原名松葰，字静涛，蒙古正蓝旗人，道光六年（1826年）进士。先任内阁学士，在刑部、户部、吏部等做过侍郎，为官老成持重，很得咸丰帝宠信。咸丰八年（1858年），又是三年一次的乡试大比之年。这年八月初六，皇帝钦点了此次顺天乡试的主考官和副主考，主考正是这位军机大臣、协办大学士、户部尚书柏葰。整个考试过程风平浪静，比较顺利。九月十六日发榜，上千人中录取三百人。发榜后不久，见此次科考不像往年总是有各种流言蜚语、议论纷纷，咸丰皇帝便认为柏葰功不可没，便把他升为大学士。因为清朝没有宰相，在当时看来，大学士已经具有了宰相地位。一个月前还是从一品的柏葰，一个月后就成了正一品，亲朋好友纷纷前来祝贺。就在柏葰接受祝贺的时候，参加科考的士子们却开始议论纷纷，原来士子们在看榜时，发现唱戏的优伶平龄竟然中了第七名。按照清朝制度，娼妓、优伶、皂、吏等不能参加科考。十月初七，距离乡试揭榜还不到一个月，御史孟传金上书，指出本次乡试存在严重舞弊问题，奏请立案审查。咸丰皇帝本来就对科举舞弊深恶痛绝，于是命怡亲王载垣、郑亲王端华等人会审此案。随着调查深入，办案人员发现"应讯办查议者竟有五十本之多"，甚至有一试卷"讹字至三百余"也能中榜。原来，柏葰虽然对工作兢兢业业，但家教不严，使得同考官浦安与柏葰的门丁靳祥合谋一处，事成后，浦安向柏葰送来赞银十六两，而接受银子时，柏葰还蒙在鼓里。最终，此案历经十个月，共计惩处了各级官员91人，不仅处决了柏葰这样的副国级干部，还涉及各个衙门，甚至不少亲王宗室，确实收到"功令为之一肃，数十年诸弊端净绝"的效果。柏葰因此成为千年以来唯一一位因科举舞弊被处死的"中央"领导，令人唏嘘不已的是，他仅仅收受了十六两白银。

（田秀娟）

王尔烈两袖清风

王尔烈,别名仲方,字君武,号瑶峰,祖籍河南,清乾隆、嘉庆年间辽阳县贾家堡子风水沟村人。王尔烈以诗文书法、聪明辩才著称,时称"兴东才子"。他无私寡欲,清廉不贪,素有"双肩明月、两袖清风"的美誉。相传,一日,王尔烈从江南主考回来,恰逢嘉庆皇帝登基。嘉庆皇帝召见:"爱卿家境如何?"王尔烈答:"几亩薄田,一望春风一望雨。数间草房,半仓农器半仓书。"嘉庆皇帝听罢道:"朕命你到安徽铜山监管铸钱事,几年后,你的家境自会改善。"王尔烈奉命一干三年多。一日回京复命,嘉庆皇帝宣其进殿,问:"铜山一任,足可安度晚年吧?"王尔烈听出皇帝的话外音,笑答:"臣依然两袖清风,无欲无求。"说罢,从衣袖中掏出几枚打磨得油光锃亮的铜钱给嘉庆看。这几枚铜钱是王尔烈随身携带的铸钱模子,此外身上再无分文。嘉庆皇帝深受感动,感叹道:"爱卿真是群臣楷模啊!"

(吕宏伟)

李莲英国难贪利

清末大太监李莲英,原名李进喜,清王朝慈禧时期的总管太监,陪伴慈禧太后近五十三年。有人说清朝半壁江山,都坏在李莲英手里了,平心而论,李莲英不过是个罔顾大体只知利己的"忠犬"罢了。八国联军打入北京时,慈禧率光绪及百官出逃,吴永在随驾西行途中任粮台会办,掌握钱粮大权。他回忆说,到山西后,太后的排场越来越大,太监们则趁机勒索钱财,李大总管没有个一百两左右是绝对不行的。不仅如此,李莲英等还千方百计敲诈勒索朝中办事官员。江宁织造是内务府设在南京的机构,负责办理绸缎服装并采买各种御用物品。江宁织造每次置办服装衣料时,都要向宫中太监请示并领回画样,按图制作,这便是李莲英索要钱财的机会。光绪十二年(1886年)八月初三,江宁织造驻京人员来煜在给江宁织造广厚的信中说，李莲英借他们拿图样勒索白银一百二十两。来煜在信中说，要是别人还能用好言好语去磨，唯有这位李总管不好对付。在国家危难之际，李大总管落荒而逃也不忘填满自己的口袋，借国难发财令人发指。

（吕宏伟）

附录

中国历朝历代清官代表名录

自周朝以来，便有清官、赃官之别，只不过在正史中，一般以"循吏""良吏""廉吏"等称谓指代。关于清官，古往今来一直没有一个确切的定义。在"二十四史"中，所谓"清官"，通常是指清闲显要之官。至于现在所提清官概念，直到《清史稿》中才姗姗出现。中国古代，清官的标准可以概括为四个字：清正廉明。

最早关于清官的标准，见于《周礼·天官·小宰》（小宰）："以听官府之六计，弊群吏之治。一曰廉善，二曰廉能，三曰廉敬，四曰廉正，五曰廉法，六曰廉辨。"清人叶镇撰有《作吏要言》："为官，须求消受得过。'消受得过'四字，良心也，亦公道也。"笔者翻看各种有关清官的典籍，发现对清官的标准各有差异，很难用一两个词概括详尽，个人总结清官的特点：拒腐防变严律己，公正履职强能力，生活简朴重廉洁，为民请命忠君主，品德高尚有威望。

司马迁首创《循吏传》。二十五史中，除了《三国志》《周书》及两个《五代史》以外，其他二十部纪传体正史都有《循吏传》，书或名《能吏传》，或名《良吏传》，或名《良政传》。孙叔敖被公认为历史上第一位清官。但笔者以为，开创清官之路，奠定清廉典籍的，应属周公。只是周公丰功伟绩，至尊至伟，列入清官之列实在有些委屈。还有一人值得一提，此人就是明朝的张居正，世人对他褒贬不一，清官和贪官名录中都有涉及。在此，笔者未敢妄加定论，原样附录，以期高人评判。

遍查历史，发现鲜有人将历朝历代清官罗列出来，这为研究传统廉政文化带来不便。于是，便开动脑筋，四处搜罗，包括市面上介绍清官的书籍、史册，互联网上有关清廉的文字，尽可能地把所有的清官搜集齐全，以便于有心人作系统研究。最终，按照七个朝代划分，典型清官名录整理如下：

一、先秦时期

孙叔敖、子产、公仪休、石奢、李离（以上5人来自西汉司马迁所著《史记·循吏传》）、周公姬旦、西门豹、羊舌肸（xī）、子罕、晏婴、鲁仲连、李冰等。

二、秦汉时期

文翁、王成、黄霸、朱邑、龚遂、召信臣（以上6人来自东汉班固所著《汉书·循吏传》）、卫飒、任延、王景、秦彭、王涣、许荆、孟尝、第五访、刘宠、仇览、童恢（以上11人来自南朝范晔所著《后汉书·循吏传》）、李冰、李广、张良、倪宽、赵广汉、张释之、汲黯、尹翁归、孔奋、张堪、祭（zhài）遵、杜诗、董宣、杨恽、杨震、杨秉、羊续、和洽等。

三、三国两晋南北朝时期

鲁芝、胡威、杜轸（zhěn）、窦允、曹摅（shū）、潘京、范晷（guǐ）、丁绍、乔智明、邓攸、吴隐之（以上11人来自房玄龄、褚遂良和许敬宗三人监修的《晋书·良吏》）、王镇之、杜慧度、徐豁、陆徽、阮长之、江秉之、王歆之（以上7人来自梁朝沈约所著《宋书·良吏》）、傅琰、虞愿、刘怀慰、沈宪、李圭之、孔琇之（以上6人来自齐梁皇族萧子显所著《南齐书·良政》）、庾荜、沈瑀、范述曾、丘仲孚、孙谦、伏暅（gèng）、何远（以上7人来自唐朝姚思廉所著《梁书·良吏》）、张恂、鹿生、张应、宋世景、路邕（yōng）、阎庆胤、裴佗（tuó）、羊敦、苏淑（以上9人来自北齐魏收所著《魏书·良吏》）、张书原、宋世良、郎基、房豹、路去病（以上5人来自唐朝李百药所著《北齐书·循吏》）、辛毗、诸葛亮、胡质（胡威父亲）、傅咸、孙谦、苏琼、赵轨、公孙景茂、辛公义、张华、李意、卢钦、李胤、王祥、郑冲、羊祜、杜预、山涛、王沈、魏舒、卞壸、徐勉等。

四、隋唐时期

梁彦光、赵轨、房恭懿、公孙景茂、辛公义、柳俭、郭绚、郭肃、刘旷、王伽、魏德深（以上11人来自唐朝魏征等人所著《隋书·循吏》）、吉翰、杜骥、申恬、甄法崇、王洪范、郭祖深（以上6人来自唐朝李延寿所著《南史·循吏》）、张膺、明亮、杜纂、窦瑗、孟业、苏琼（以上6人来自唐朝李延寿所著《北史·循吏》）、李君球、崔知温、高智周、韦机、权怀恩、冯元常、蒋俨、王方翼、薛季昶、张知謇（jiǎn）、杨元琰、倪若水、李濬（xùn）、宋庆礼、姜师度、潘好礼、杨茂谦、杨玚（yáng）、崔隐甫、李尚隐、吕諲（yīn）、萧定、蒋沇（yǎn）、薛珏、任迪简、范传正、袁滋、薛苹、阎济美（以上29人来自后晋刘昫等人编著的《旧唐书·良吏》）、韦仁寿、陈君宾、张允济、李素立、孙至远、薛大鼎、贾敦颐、田仁会、裴怀古、韦景骏、李惠登、罗珦、韦丹、卢弘宣、薛元赏（以上15人来自宋朝欧阳修等人编著的《新唐书·循吏》）、狄仁杰、姚崇、宋璟、徐有功、陆贽、崔戎、房玄龄、韩休、马周、张玄素、李大亮、王珪、戴胄、卢怀镇等。

五、宋辽金元时期

陈靖、张纶、邵晔、崔立、张逸、吴遵路、赵尚宽、高赋、程师孟、韩晋卿、叶康直（以上11人来自元朝丞相脱脱和阿鲁图先后主持修撰的《宋史·循吏》）、大公鼎、萧文、马人望、耶律铎鲁斡、杨遵勖（xù）、王棠（以上6人来自元朝脱脱等人所著《辽史·能吏》）、卢克忠、牛德昌、范承吉、王政、张奕、李瞻、刘敏行、傅慎微、刘焕、高昌福、孙德渊、赵鉴、蒲察郑留、女奚烈守愚、石抹元、张彀（gòu）、赵重福、武都、纥（hé）石烈德、张特立、王浩（以上21人来自元朝脱脱等人编著的《金史·循吏》）、谭澄、许维祯、许楫、田滋、卜天璋、耶律伯坚、段直、谙都剌、杨景行、林兴祖、观音奴、周自强、白景亮、王艮、卢琦、邹伯颜、许义夫（以上17人来自明朝宋濂等人编著的《元史·良吏》）、王旦、包拯、褚彦回、苏东坡、王安石、岳飞、司马光、寇准、陈希亮、耶律楚材、胡铨、高登、赵抃、李沆、杜衍、吕蒙正、李渤、崔群、柳宗元、阳城等。

六、明代

陈灌、方克勤、吴履、高斗南、史诚祖、谢子襄、贝秉彝、万观、叶宗人、王源、翟溥（pǔ）福、李信圭、张宗琏、李继、李湘、赵豫、曾泉、范衷、周济、范希正、段坚、陈钢、丁积、田铎、唐侃、汤绍恩、徐九思、庞嵩、张淳、陈幼学（以上30人来自清朝张廷玉等人编著的《明史·循吏》）、况钟、于谦、杨继宗、海瑞、徐光启、周新、张居正、夏元吉、王翱、王竑、邢侗、许度等。

七、清代

白登明、宋必达、陆在新、张沐、陈汝咸（xián）、缪燧、姚文燮、黄贞麟、骆锺麟、赵吉士、江皋、邵嗣尧、立鼎、荫爵、周中鋐、刘棨（qǐ）、陶元淳、廖冀亨、佟国珑、陆师、龚鉴、陈德荣、芮复传、蒋林、阎尧熙、蓝鼎元、叶新、施昭庭、陈庆门、周人龙、章华、李渭、谢仲士元、李大本、牛运震、张甄淘、邵大业、周克开、基渊、如泗、际华、汪辉祖、敦和、休度、刘大绅、吴焕彩、纪大奎、邵希曾、张吉安、毓（yù）昌、龚景瀚、盖方泌、史绍登、李赓芸、伊秉绶、狄尚䌹（jiōng）、张敦仁、郑敦允、李文耕、刘体重、张琦、刘衡、姚柬之、吴均、王肇谦、曹瑾、桂超万、张作楠、云茂琦、徐台英、牛树海、何曰愈、刘秉琳、崇砥、夏子龄、世本、李炳涛、根仁、锺俊、懋勋、蒯德模、林达泉、方大湜（shì）、陈豪、杨荣绪、林启、王仁福、朱光第、冷鼎亨、孙堡田、柯劭憼、涂官俊、陈文黻（fú）、李素、张楷、王仁堪（以上96人来自民国初年赵尔巽等人编著《清史稿·循吏》）、汤斌、于成龙、彭鹏、陈瑸、张鹏翮、张伯行、施世纶、郑板桥、王尔烈、岳起、林则徐、彭玉麟、沈葆桢、阎敬铭、俞鸿图、丁宝桢、张之洞、李卫、刘墉、翁同龢、李鹬等。

（杨同柱）

中国历朝历代贪官代表名录

贪官，在古代多称为奸臣、佞臣。"贪官者，贪赃枉法之徒，贪墨败度者也。"所谓"狡吏不畏刑，贪官不避赃"。也有人将贪官分为贪渎、权奸和酷吏三种。

贪，最早出现在《诗经》里，《诗经·大雅·桑柔》中有"贪人败类""民之贪乱"之说，《楚辞·离骚》注云："爱财曰贪，爱食曰婪。"《说文解字》记载："腐，烂也，从肉，府声。""败，毁也。贼败皆从贝。"腐败，原意是腐和败组合而成，意为物质腐烂变质。如《史记·平准书》记载："太仓之粟，陈陈相因，充溢露积于外，至腐败不可食。"后来，腐败的含义不断被延伸。在中国古代，腐败最主要的表现形式就是贪。

腐败与贪何时产生，说法不一。顾炎武在其《日知录》中专门讲贪，贪官起始是在汉代。《日知录》卷十三《除贪》中记载："汉时赃罪被劾，或死于狱中，或道自杀。"翦伯赞在其《贪污列传序》中说："殷商以降，跟着私有财产制度和阶级国家的成立，贪污遂称为统治阶级的职业。"而周怀宇在其《贪官传·序言》中认为，贪官早在原始社会晚期尧舜时期就已经产生了。虽然观点不一，但是，贪官的腐败形式由来已久，已经成为一种社会现象和政治现象。

在大量参阅史书典籍的基础上，我们知道，羊舌鲋是中国历史上第一个贪官，为大家所公认，而最后一个贪官是谁，却看法不一。笔者搜集的典籍里，把民国时期的张兰德作为最后一个封建时代的贪官，估计会有争议。还有一人值得一提，此人就是明朝的张居正，世人对他褒贬不一，清官和贪官名录中都有涉及。在此，笔者未敢妄加定论，原样附录，以期高人评判。

遍查历史，发现鲜有人将历朝历代贪官罗列出来，这为研究历史的腐败及其成因带来不便。于是，便开动脑筋，四处搜罗，包括市面上介绍贪官的书籍、史册，互联网上有关贪腐的文字，尽可能地把所有的贪官搜集齐全，以便于有心人作系统研究。最终，按照七个朝代划分，典型贪官名录整理如下：

一、先秦

羊舌鲋、季斯、伯嚭、华督、智伯、郭开、后胜等。

二、秦汉

李斯、赵高、徐福、邓通、田蚡、主父偃、张汤、西汉五侯（外戚王氏一族：王谭、王商、王立、王根、王逢）、王温舒、杜周、田延年、石显、淳于长、董贤、窦宪、梁冀、东汉五侯（宦官单超、左悺、唐衡、徐璜、具瑗）、侯览、张让、赵忠、董卓、袁术等。

三、三国两晋南北朝

许攸、曹爽、黄皓、石崇、王戎、王敦、王述、谢石、王国宝、司马道子、桓玄、殷仲文、王镇恶、庾炳之、颜师伯、戴法兴、吴喜、阮佃夫、茹法亮、綦（qí）母珍之、刘悛（quān）、曹虎、邓元起、萧宏、朱异、候安都、蔡景历、陈方泰、江总、公孙轨、元禧、赵脩（xiū）、元脩义、元晖、刘腾、元叉、元琛、元雍、李崇、孙腾、高隆之、司马子如、尉景、和士开、祖珽、冯子琮、段孝言、高阿那弘、宇文护等。

四、隋唐时期

刘昉、许敬宗、裴蕴、李义府、李锜、王缙、元载、王播、杨国忠、王涯、李绅、长孙顺德、张祜、王智兴、李辅国、郑译、杨素、宇文述、虞世基、宇文化及、封伦、李元婴、来俊臣、薛怀义、张易之、武三思、宗楚客、宋之问、崔湜（shí）、李林甫、王鉷、高力士、鱼朝恩、陈少游、窦参、裴延龄、王伾（pī）、李锜、王锷、郑注、仇士良等。

五、宋辽金元时期

赵岩、段凝、赵在礼、杜重威、苏逢吉、王峻、冯延巳、蔡京、李守信、陈璠、石守信、陈自强、王黼、王全斌、王仁赡、赵普、曹翰、王钦若、丁谓、夏竦、蔡攸、朱勔（miǎn）、童贯、梁师成、高俅、张俊、秦桧、王继先、韩侂（tuō）胄、苏师旦、史弥远、梁成大、李知孝、丁大全、贾似道、耶律麻答、耶律乙辛、张孝杰、萧奉先、徒单恭、徒单贞、完颜文、卢世荣、纥（hé）石烈执中、察哥、任得敬、奥都剌（lá）合蛮、阿合马、桑哥、铁木迭儿、燕铁木儿、伯颜、哈麻、搠（shuò）思监、朴不花等。

六、明代

严嵩、严世藩、王振、刘瑾、江彬、蒲一桐、胡惟庸、蓝玉、纪纲、刘观、石亨、徐有贞、汪直、尚铭、梁芳、万安、刘吉、焦芳、李广、刘宇、张彩、钱宁、郭勋、仇鸾、陆炳、赵文华、鄢懋卿、胡宗宪、张居正、冯保、张鲸、陈奉、梁永、魏忠贤、顾秉谦、崔呈秀、温体仁、薛国观、周延儒、吴昌时、刘宗敏、马士英、阮大铖等。

七、清代

鳌拜、明珠、恒文、王亶望、李滨、陶范、诺敏、张廷璐、国泰、阿尔泰、勒尔谨、王昌、吉望、陈辉祖、福崧、郝硕、黄梅、李侍尧、和珅、安德海、李莲英、苏元春、刚毅、胡光墉、柏葰、徐翀、奕劻、张兰德等。

（杨同柱）

后 记

历时两年有余,终于初见成效。在这一过程中,我们有过徘徊、有过退缩,得益于清华大学出版社编辑的鼓励和支持,让我们终于坚持下来。一路走来,感触良多。

"一切历史都是当代史",贪污和清廉为什么在历史长河中并存,为什么同一时期既有贪官又有清官?甚至拥有良好家风的亲哥俩怎么就变成了一贪一廉?哪些思想、制度、做法对贪腐有抑制作用?哪些对现代有借鉴意义?在编辑这本书的时候,我们尽力站在历史的高度上去思考,以抛砖引玉。

在挑选案例和实际撰写过程中,我们带着问题,深挖原因,"为什么他会贪?""为什么良好的家风培养了截然不同的两个人?"等等,每一个故事坚持集体讨论,形成统一观点。限于篇幅,每个时期只挑选一贪一廉两个人物,因此,在选择的时候就明确了标准:人物要"典型",要与当代贪官、清官行为"相似度"较高,通过借古喻今,能对当前反腐倡廉有所借鉴。

我们坚持在故事架构上统一格式,每个故事分为六个板块,一是作者简介;二是时代背景,包括皇帝执政风格、法律制度、官场风气等;三是贪廉故事;四是古今镜鉴,找出当今官场中一些领导干部面临的与故事主人公相似度较高的故事，进行对比分析；五是后世评价，历代名人对故事主人公的褒贬评论；六是点评，借古喻今，这是故事的精髓，是画龙点睛之笔、拔高立意之处。

　　同时，我们注重撰写风格的统一，一是一定要接地气儿。每个故事一定要借古喻今，把当今官场中一些领导干部面临的困惑或是认识误区，通过比较分析、深入浅出、画龙点睛等方法表现出来，引发读者一些思考和共鸣。二是一定要体现出深刻度，引起读者反思。这本书目标读者是专家、学者、法律工作者和普通社会民众，这部分读者对反腐倡廉具有一定的思考力和认知度，具有较高的文化水平。所以，写出来的故事要体现出文化味儿，为深度阅读提供素材。用故事反映深刻道理符合当下人们的阅读习惯，也符合当下"全民阅读"的倡导。三是一定要体现出法律特色，为领导决策提供参考。充分发挥法律优势和分析能力，把法律制度和贪腐心理作为写作重点，体现出法律性、规范性和专业性，提出的对策既要有理论依据，又要有深刻分析，并具有客观现实性和可操作性。

　　在本书编辑过程中，承蒙各位专家学者、领导、同事以及朋友提供的大力支持和宝贵意见，在此表示衷心感谢！在编辑过程中，资料来源于方方面面，因为涉及众多，在此不一一赘述，一并表示感谢。

　　由于学识有限，有些内容肯定有错误或是不妥之处，敬请各位专家、学者和读者批评斧正。